내 책상 위의 비밀

초판 3쇄 발행 2025년 9월 30일

글 최혜련
펴낸이 정혜숙   **펴낸곳** 마음이음

책임편집 여은영   **디자인** 김세라
등록 2016년 4월 5일(제2016-000005호)
주소 03925 서울시 마포구 월드컵북로 402, 9층 917A호(상암동 KGIT센터)
전화 070-7570-8869   **전자우편** ieum2016@hanmail.net   **팩스** 0505-333-8869
블로그 https://blog.naver.com/ieum2018   **인스타그램** @mindbridge_publisher

ISBN 979-11-92183-87-9 43810
     979-11-960132-5-7 (세트)

ⓒ 최혜련, 2024

※ 이 책의 내용은 저작권법의 보호를 받는 저작물이므로 무단전재와 복제를 금합니다.
※ 책값은 뒤표지에 있습니다.

내 책상 위의 비밀

|최혜련 지음|

마음이음

차 례

물음표 일기장 ················· 7

언니의 안경 ················· 27

나 대신 스마트폰 ················· 49

몽당연필에게 ················· 79

지우개 시인 ················· 99

작가의 말 114

물음표 일기장

이게 뭐지? 일기장을 열어 보고 깜짝 놀랐다. 마침표 자리에 물음표가 있었다. 물음표가 달린 문장들은 농담처럼 가벼워 보였다.

학교가 끝나고 집에 가서 숙제를 했다? 게임을 하다가 유튜브를 봤다? 참 재미있었다?

알 수 없는 물음표 낙서였다. 안 그래도 일기를 낼 때마다 걱정이었다. 초등학생 글씨체에 쓸 말도 없었기 때문이다. 그런데 오늘은 물음표 테러를 당했다. 대체 누가 이런 짓을 한 거야? 하지만 지금은 범인을 찾을 때가 아니다.

뒤에서부터 걷힌 일기장들은 무리를 만드는 철새 떼처럼 빠르게 앞으로 건너오고 있었다. 내 자리로 오기 전에 빨리 물음표들을 지워야 했다. 그런데 지우개로 문지를수록 물음표들은 더욱 선명해졌다. 결국 나는 물음표를 지우지 못한 채 일기장을 내고 말았다. 뭔가 뺏긴 것처럼 억울한 기분이 들었다.

새 학기가 시작되는 날, 담임 선생님이 일기 검사를 한다고 말했을 때, 우리 반 아이들은 일제히 반대의 목소리를 높였다. 처음으로 단합하게 된 계기였다. 안 돼요, 싫어요. 즉흥적인 불만부터 '사생활 침해'라는 제법 논리적인 거부까지. 모두가 일기 검사에 대해서는 결사반대였다. 앞자리에 앉은 누군가가 목소리를 높였다.

"쌤, 저희는 초1이 아니라 중1인데요?"

선생님은 예상했다는 듯 고개를 끄덕이며 말했다.

"일기는 초등학생이든 중학생이든 상관없이 평생 쓰는 거예요. 선생님도 일기를 쓰고 있어요. 내가 일기를 걷는 건 읽고 검사하겠다는 것이 아니라 습관을 기르자는 거예요."

초등학교 때도 방학마다 일기 숙제가 있었다. 그때도 기르지 못한 습관을 이제 와서? 선생님과 눈이 마주치자 생각을 들킨 것 같았다.

"꼭 일기만 써야 하는 것은 아니고 책을 읽고 느낀 점을 기록해도 좋아요. 매일매일 내 생각이나 일상을 기록하는 습관은 나중에 어른이 돼서 정말 중요해요."

선생님의 부드럽지만 단호한 말에 불만의 목소리는 잦아들었다. 선생님이 나가자 아이들은 독후감이라는 대안에 그나마 수긍하는 분위기였다. 하지만 내 생각은 달랐다. 나는 독후감을 쓰지 않을 것이다. 글 쓰는 것도 싫은데 책까지 읽어야 하기 때문이다. 차라리 그날 있었던 일을 대충 적는 것이 훨씬 편할 것 같았다.

한 달이 지났다. 아이들은 내 예상대로 독후감에서 일기로 넘어왔다. 일기가 쉽다는 것을 뒤늦게 알게 된 것이다. 일기 검사는 사생활 침해라고 목소리를 높였던 반장 준희도 그중 하나였다. 난 처음부터 복잡하게 생각하지 않았다. 그날 있었던 일을 아무거나 끄적이고 '참 재미있었다'로 마무리했다. 유치하긴 했지만 이렇게 끝내야 일기다웠다.

선생님도 일기나 독후감을 따로 읽는 것 같지 않았다. 일기나 독후감에 대해서 이렇다 저렇다 지적을 받는 아이도 없었다. 다만 안 써 온 아이들은 수업 후에 교실에서 선생님이 내준 과제를 해야 했다. 수업이 끝나기도 전에 가방부터 싸는 아이들에게는 가장 강력한 벌이었다. 그래서 한두 명을 제외하고는 대부분 일기장을 냈다. 선생님은 수업이 끝나면 일기장을 돌려줬다. 어김없이 선생님의 '참 잘했어요' 도장이 찍혀 있었다. 내가 쓰는 '참 재미있었다'에 대한 대답 같았다.

벌써 3교시였다. 오늘은 '참 잘했어요' 도장이 찍힐 수 있을까? 물음표로 가득한 일기는 누가 봐도 '참 잘한' 일은 아니었다. 일 분마다 한숨이 나왔다. 나오는 한숨을 모으면 풍선 하나는 충분히 불 수 있을지도 모르겠다. 짝인 지수가 내 쪽에 연습장을 놓고 끄적였다.

김이찬, 무슨 일 있어?

물음표가 먼저 보였다. 물어볼 때 물음표로 끝나는 것은 자연스럽다. 하지만 일기에 물음표는 이상하다. 나에게 일어난 일이니까 물음표로 물어볼 이유가 없기 때문이다. 선생님의 시선에서 벗어났을 때, 나는 지수를 향해 고개를 가로저으며

미소 지었다. 괜찮다는 뜻으로 보였겠지만 사실 모르겠다는 뜻이었다.

일기장을 생각할 때마다 마지막 문장이 선명하게 떠올랐다. 참 재미있었다? 참 재미있었나? 학교, 숙제, 게임, 유튜브. '참 재미있었다'고 할 수 있을까. 일기장이 물음표로 테러를 당한 것에서 끝이 아니었다. 생각마다 태클을 거는 물음표는 평범한 일상에 괜한 의심을 하게 만들었다. 물음표가 시비를 거는 것 같았다. 갑자기 내 일기의 문장마다 자리를 잡고 사라지지도 지워지지도 않는 물음표. 물음표와 싸워서라도 몰아내고 싶었다. 물음표와의 전쟁인 것인가. 갑자기 비장해진 이유는 어제 본 게임 광고 때문이다. 남들은 몬스터와 싸울 때, 나는 물음표와 싸우고 있다니. 이러다간 오늘 일기도 물음표로 채워질 것 같았다.

점심시간이었다. 학교 식당에 친구들과 모여 앉았지만 오늘따라 혼자 먹는 기분이었다. 수업 시간부터 지금까지 머릿속에 물음표만 가득했기 때문이다. 물음표의 갈고리 모양에 걸려 버린 것 같았다.

"무슨 생각하냐?"

민호가 한마디 툭 던지고 지나갔다. 일기를 안 써서 거의 매일 남는 민호가 내 깊은 고민을 알 리 없었다. 딱히 대답할 말이 생각나지 않았다. 내 대답도 듣지 않고 앞서가는 민호의 뒷모습을 물끄러미 바라보았다.

점심 급식 메뉴는 별로였다. 고등어조림, 콩자반, 그리고 내가 제일 싫어하는 콩나물무침. 그런데도 오늘 일기에는 맛있었다고 쓸 것이다. 일기장 생각에 콩나물이 엉켜 버린 물음표로 보였다. 이 정도면 물음표 중독아닐까?

"오늘 반찬 진짜 맛있다. 우리 집 콩나물무침보다 훨씬 맛있어. 이찬아, 내가 대신 먹어 줄까?"

준희의 젓가락이 내 식판을 향해 있었다. 내가 고개를 끄덕이자 콩나물무침은 준희의 입으로 들어갔다. 다들 식판에서 밥이 빠르게 줄어 가는데 나만 그대로였다. 준희는 콩자반 한 알까지 먹어 치우더니 아이들에게 말했다.

"다 먹고 운동장에서 축구하자."

아이들은 벌써 운동장에 모인 것처럼 신나는 목소리로 축구 이야기를 했다. 말이 오고 가는 사이에 지수가 나를 보고 물었다.

"이찬아, 넌?"

"난 다음에."

지수는 뭔가 할 말이 있는 것 같았지만 고개를 갸웃거리며 무리에 섞였다.

나만 먼저 교실로 돌아왔다. 아이들이 빠져나간 교실은 조용했다. 지금 신나게 축구를 하고 있겠지? 나갈 걸 그랬나? 책상에 엎드렸지만 잠은 오지 않았다. 점심시간 내내 깨우러 오는 친구는 없었다.

수업이 끝나고 선생님은 일기장을 돌려줬다. 떨리는 마음으로 일기장을 열어 봤다. 물음표가 그대로 있었지만 '참 잘했어요' 도장이 찍혀 있었다. 선생님은 물음표가 보이지 않는 걸까? 반나절 동안 고민이 풀리지 않았지만 어쨌든 다행이었다. 일기장을 무사히 검사받았다는 사실이 중요했다. 집에 가는 길에 지우개나 새로 사야겠다.

집에는 아무도 없었다. 방으로 들어가 책상 앞에 앉았다. 숙제부터 대충이라도 해야 제대로 놀 수 있다는 것을 잘 안다. 그리고 숙제를 빨리해야 그만큼 노는 시간이 확보된다는 것도 알고 있다. 오늘은 국어랑 사회 숙제만 있다. 소개하고 싶은 것 조사해 오기, 홍수의 유리한 점 찾아오기. 인터넷에서 검색하면 안 나오는 것이 없다. 엄마는 도서관에서 백과사전을 찾아가며 숙제를 했다고 하는데 그 시대에 안 태어나서 정말 다행이다. 검색한 내용대로 노트에 베껴 쓰니 십 분 만에 숙제를 다 했다.

이제 일기만 쓰면 된다. 일기장을 펼치고 오늘 있었던 일을 썼다.

> 4월 13일 화요일 날씨 흐림
> 수업 시간 동안 딴생각만 했다. 점심 급식은 맛이 없었다. 아이들은 축구 하러 나간다고 했다. 나는 그냥 엎드려 있었다. 학교 끝나고 집에 갔다.

오늘은 정말 쓸 말이 없었다. 먼저 읽어 보니까 다 지우고 다시 써야 할 것 같았다. 그런데 뭘 쓰지? 이미 일어난 일이 달라지는 것도 아니다. 조금만 지우고 고쳐야겠다. 새로 산 지우개는 잘 지워졌다.

> 4월 13일 화요일 날씨 흐림
> 수업 시간 동안 공부 생각만 했다. 점심 급식은 맛이 있었다. 친구들이 축구 하러 나가자고 했다. 내가 골을 넣자 모두 박수를 쳤다. 학교 끝나고 집에 갔다. 오늘은 참 재미있

었다.

골? 박수? 조금만 고쳐 쓰려고 했는데 없는 이야기를 지어 내 버렸다. 이래도 될까? 어차피 걸릴 일은 없을 것이다. 선생님은 무슨 일이 있었는지 모르고, 친구들은 일기장을 볼 일이 없기 때문이다. 이제 일기도 다 썼으니까 학원 가기 전까지 놀아야겠다.

다음 날 아침, 가방에서 일기장을 꺼냈다. 별일 없기를 바라면서 살짝 열어 봤다.

수업 시간 동안 …… 생각만 했다. 점심 급식은 맛이 …… 었다. 아이들은 축구하러 나가자고 했다. 내가 ……를 했다. …… 학교 끝나고 집에 갔다. 오늘은 참 재미 …….

이럴 수가! 물음표 테러보다 더 강력한 말줄임표 테러였다. 말줄임표로 채워진 일기장에 뭐라도 써 보려고 연필을 들었다. 하지만 손이 덜덜 떨려서 아무것도 쓸 수 없었다. 결국 그냥 일기를 내고 한숨이 쏟아졌다. 뒷자리에 민호가 나를 바라보며 말했다.

"웬 한숨?"

 순간 말줄임표가 입에 매달린 것처럼 말이 나오지 않았다. 민호는 고개를 으쓱하며 지나갔다. 오늘도 민호는 일기를 내지 않아 남아야 했다. 그런데도 걱정이 없어 보였다. 매일 수행하듯 벌을 받으면 저렇게 득도한 얼굴이 되는 걸까. 나는 수업 후에 남을까 봐 벌써 걱정이었다.

 수업이 끝나자 아이들은 풀려난 것처럼 교실에서 뛰쳐나갔다. 아이들과 달리, 나는 고민에 빠진 채로 복도에 서 있었다. 일기장을 무사히 받을 수 있을까? 아무리 생각해 봐도 말줄임표로 지워진 일기는 그냥 넘어갈 수 없을 것이다.

 크게 숨을 내쉬고 돌려받은 일기장을 폈다. 그런데 말줄임표 위에 선생님의 '참 잘했어요' 도장이 찍혀 있었다. 선생님은 읽지도 않고 도장을 찍어 주는 걸까? 아니면 물음표나 말줄임표가 아무렇지도 않게 보이는 걸까? 답답한 마음에 누구에게라도 일기장을 보여 주고 싶었다. 하지만 꾹 참고 가방에 넣었다. 다른 숙제도 아니고 일기니까.

 생각할수록 신기했다. 물음표 낙서를 해도, 말줄임표로 지워져도 일기장에 도장이 찍힌다. 이 엄청난 비밀을 나만 알고 있다. 그리고 아무에게도 말하지 않을 것이다. 뒤를 돌아보니 민호가 있었다.

"민호야, 너 오늘 남아?"

민호는 당연하다는 얼굴로 고개를 끄덕였다. 무심한 민호의 얼굴을 보면서 이유를 물었다.

"왜?"

"안 썼으니까."

"왜 안 썼는데?"

"쓰기 싫으니까."

"남는 게 더 싫지 않아?"

"덜 싫은 걸 고르지 말고, 더 좋은 걸 골라."

"그게 뭔데?"

"안 쓰는 거."

더는 말이 안 통했다.

준희는 친구들을 모아 축구를 한다고 했다. 나한테도 같이 하자고 했지만 나는 다음을 약속하며 집으로 갔다. 축구보다 더 중요한 일이 있었다. 바로 일기장의 비밀을 밝히는 것이었다.

심각한 표정으로 방에 들어가 책상 앞에 앉았다. 엄마는 우유 한 잔을 들고 왔다. 평소 숙제를 끝내는 시간인 십 분이 넘어가니 사과를 깎아 왔다. 내가 진지한 얼굴로 책상 앞을 지키자 엄마는 흐뭇한 시선으로 바라봤다. 의도치 않은 효도였다.

하지만 나는 진지할 수밖에 없었다. 첫날은 물음표로 채워지고 다음 날은 말줄임표로 지워진 일기장. 대체 내일은 무슨 공격을 받을지 예상이 되지 않았다. 누가 몰래 장난을 치는 건지 의심해 봤지만 그럴 만한 사람은 없었다. 심지어 선생님은 물음표든, 말줄임표든 신경 쓰지 않고 도장을 찍어 줬다. 그래도 마음이 편치 않았다. 차라리 독후감을 쓸까. 한 시간째 고민만 하다가 책을 펼치자 엄마의 노크 소리가 들렸다.

"치킨 시켜 줄까?"

나는 오케이 사인을 보냈다. 이런 질문에는 고민할 필요가 없다. 그런데 일기장에 대한 고민에는 속수무책이었다. 더 이상 시간을 끌 수 없었다. 일기는 포기하고 오늘부터는 독후감을 써야겠다. 그런데 독후감은 어떻게 쓰더라. 일단 책부터 읽어야겠지? 책 표지를 넘기고 한두 장을 읽었을 때, 졸음이 쏟아졌다. 역시 일기 쓰는 게 낫다. 아무거나 대충 쓰고 치킨이나 먹어야겠다.

그런데 생각해 보니 일기를 써도 물음표가 달리거나 말줄임표로 지워진다. 그런데도 도장이 찍히니 아예 안 쓰고 내도 되지 않을까. 누구에게 물어볼 수도 없는 일이었다. 에라, 모르겠다. 오늘은 아무것도 안 써야겠다. 만약에 또 도장이 찍히면 계속 안 써도 되지 않을까. 그러면 일기장은 나만의 비밀이자 행운이 되는 게 아닐까. 나는 고소하고 바삭한 닭다리를 뜯으며 텔레비전을 봤다. 배짱 좋은 도박사가 된 것 같았다. 과연 내일은 어떻게 될까?

다음 날 오후, 수업이 끝난 빈 교실에 남았다. 옆자리에는 민호가 있었다. 선생님은 나에게 눈을 흘겼다.

"이찬이는 처음 남지? 아무리 쓰기 싫어도 한 줄도 안 쓰고 내는 건 아니지."

선생님은 시 세 편이 적힌 프린트물을 주고 노트에 세 번씩 따라 쓰라고 했다. 내가 프린트물을 책상에 올려두자, 나를 향해 선생님이 말했다.

"어떻게 하는지 모르겠으면 민호한테 물어봐. 선생님은 회의 다녀와서 한 시간 후에 검사할게."

민호는 벌을 받는 표정이 아니었다. 수업 후 나머지 공부를 경력으로 치면 민호는 베테랑이었다. 한두 번 남으면 다음에는 남지 않으려고 해야 하는데, 오히려 민호는 남으려고 일기를 안 쓰는 것 같았다.

 선생님이 준 프린트에 있는 시는 그렇게 길지 않았지만 짧지도 않았다. 똑같은 시를 세 번이나 써야 한다니. 민호는 시를 훑어보며 중얼거렸다.

 "자화상? 이거 전에 쓴 건데. 아, 그건 서정주였지."

 옮겨 적기 전에 한번 쓰윽 읽어 봤다. 우물에 사나이가 빠졌는데 구하지는 못할망정 미워져서 돌아가다니. 섬뜩한 분위기의 시였다. 아니면 우물 속에 사나이는 귀신인가.

 "좀 무섭다. 이 시?"

 민호는 별다른 대답 없이 시를 옮겨 적었다. 시를 한 번 다 적고 나서야 민호는 천천히 입을 열었다.

 "난 쓰고 싶을 때만 써. 선생님한테 얘기했어."

 민호는 참 특이하다. 일기를 안 써서 자주 남기에 나보다 더 대충 하는 녀석이라고 생각했다. 그런데 아니었다. 시를 한 구절씩 옮겨 적는 민호는 평소와 달라 보였다.

 나는 쓰고 싶을 때가 있었나? 쓰고 싶다는 생각을 해 본 적은 없었다. 대충 써 놓고 다 썼다고 좋아했다. 내가 생각에 잠겨 연필만 붙잡고 있을 때 민호가 말을 이었다.

 "쓰고 싶은 말이 없으면, 진짜 쓰고 싶은 사람이 쓴 글을 보는 거야. 지금처럼."

 나는 시를 다시 읽었다. 진짜 쓰고 싶은 마음이 무엇인지 알고 싶었다. 민호에게 물어보지 않고 다시 따라 썼다. 처음에 쓸 때는 우물에 빠진 사나이를 지나쳐 간 죄책감 때문인 줄 알았다. 그런데 사나이는 우물 속에 비친 자신의 모습이었다. 그래서 제목이 〈자화상〉이구나. 자신이 미워지고 가여워지고 그리워진다니 나도 그럴 때가 있었을까. 세 번째 쓰고 나니 가슴속에 뜨거운 무언가가 느껴졌다. 뭐라고 써야 할지는 모르겠지만 무언가 쓰고 싶었다.

 선생님이 들어와서 우리가 베껴 쓴 종이를 가져갔다. 민호는 인사도 없이 사라졌다. 집으로 가는 길에 좀 전에 따라 쓴 시가 떠올랐다. 제목이 〈자화상〉, 시인은 윤동주. 어? 윤동주는 교과서에 나왔었는데. 〈밤 헤는 별〉이었나? 그 시도 괜찮았다. 윤동주라는 시인은 나랑 좀 맞는 것 같다. 생각에 잠긴 채 운동화 앞코만 보면서 걷다 보니 어느덧 집 앞이었다.

 방으로 들어가자마자 일기장을 펴고 책상 앞에 앉았다. 학교에서 베껴 쓴 시를 네 번째로 다시 적어 보았다. 그리고 이어서 일기를 썼다.

<u>4월 15일 목요일 날씨 맑음</u>

학교에서 윤동주의 <자화상>이라는 시를 옮겨 적었다. 자화상은 스스로 그린 자기의 초상화라고 한다. 나는 그림은 못 그려서 내 초상화를 그릴 수는 없다. 그러면 윤동주처럼 자신에 대한 시나 글을 쓸 수 있을까. 내가 쓰는 글이 내가 된다는 생각은 해 본 적이 없었디. 진짜 내 마음을 쓴다면 일기 쓰기가 참 재미있을 것 같다.

 일기장을 덮었다. 물음표가 달릴까. 말줄임표가 찍힐까. 며칠 동안 일기장이랑 대결하는 기분이었다. 물론 내가 계속 진 것 같았다. 하지만 이제 어쩔 수 없다. 이게 진짜 내 생각이고 내 마음이기 때문이다.
 다음 날 아침, 일기장을 내기 전에 슬쩍 펼쳐 봤다. 묘한 긴장감이 감돌았다. 이게 뭐야? 이번엔 마침표마다 느낌표가 솟아 있었다. 오늘도 일기장이 장난을 쳤다. 그런데 평소와 달리 기분이 좋았다. 걱정되지도 않았다. 느낌표는 점점 작아지더니 마침표 속으로 쏘옥 숨어 버렸다.

언니의 안경

세상에는 정말 책들이 많다. 서점에 올 때마다 생각한다. 서점 영업 시간의 종료를 알리는 안내 방송이 나온다. 나는 주머니에서 안경을 꺼내 누구의 시선도 닿지 않는 곳에 올려 둔다. 마치 숨은그림찾기처럼 서가의 구석에 안경이 있다. 아무도 안경을 눈여겨보지 않는다. 문을 닫기 직전까지 나는 안경이 있는 자리를 바라본다. 동그란 알의 검은색 뿔테 안경이 가지런히 놓여 있었다. 그날처럼.

초등학교 4학년 겨울방학의 마지막 날, 나는 방에서 늦잠을 자고 있었다. 엄마가 아침밥을 차려 놓고 나와 언니의 이름을 큰 소리로 불렀다. 자다 깬 나는 부스스한 모습으로 느릿느릿 부엌으로 갔다.

　언니는 여전히 방에 있었다. 언니를 유혹하는 건 달콤한 늦잠이 아닌 책이었다. 낮이든 밤이든, 비가 오든 눈이 오든, 언니는 책만 읽었다. 창밖의 풍경은 다른 그림을 걸어 두는 것처럼 바뀌었지만 언니는 언제나 책상 앞에 있었다. 책을 좋아하는 언니는 엄청난 독서광이었다. 어쩌면 언니는 책에 사로잡힌 인질 같았다.

　"경희야, 지희야, 일어나. 밥 먹어!"

　아침마다 엄마의 돌림 노래가 이어졌다. 하지만 오늘따라 언니는 나올 기미가 없었다. 엄마는 나에게 언니를 불러오라고 했다. 언니는 책 읽기에 빠지면 아무것도 들리지 않나 보다. 나는 엄마가 식탁에 차린 음식들을 한 눈으로 쓱 훑어보고 언니를 부르러 갔다. 잡채랑 장조림이 있다고 하면 언니도 바로 식탁 앞에 앉을 것이다.

　언니는 어차피 들은 척도 안 하니까 노크를 안 해도 된다. 바로 방문을 열었다.

　"언니! 아침 먹자. 잡채랑 장조림이야."

　그런데 방 안에 언니가 보이지 않았다. 침대에도 없었고, 책상 앞에도 없었다. 책상에는 펼쳐진 책 한 권, 그리고 안경이 있었다. 아침 햇살이 창으로 쏟아져 들어와 안경테의 모서리가 반짝였다. 나는 잠시 안경에 시선을 빼앗겼다. 방 안을 두리번거리며 살펴보았다. 책장에 가득 꽂힌 책, 그리고 옷걸이에 걸린 고등학교 교복이 그대로 있었다. 올해 고등학생이 되는 언니는 어제 교복을 사 왔다.

결국 나는 다시 부엌으로 갔다.

"엄마, 방에 언니 없어."

"뭐? 아침 일찍 말도 없이 도서관에 갔나?"

엄마는 수저를 놓다가 고개를 갸웃하더니 언니 방으로 성큼성큼 걸어갔다.

"경희야, 어딨니? 얘가 안경도 벗어 두고 어디 간 거야?"

엄마는 언니에게 전화를 걸었다. 핸드폰 벨소리가 침대에서 울렸다. 엄마와 나는 집 안을 구석구석 살피며 언니를 불렀다. 화장실에도, 베란다에도 없었다. 현관에는 언니의 신발이 그대로 있었다. 엄마는 초조해진 얼굴로 아빠에게 전화를 했다.

"여보, 경희가 없어요. 출근할 때 못 봤죠? 모르니까 물어보죠."

엄마는 맥없이 전화를 끊고 다시 언니 방으로 갔다.

"대체 이게 무슨 일이지? 안경도 안 쓰고 나갔을 리가 없는데."

눈이 나쁜 언니에게 안경은 두 번째 눈이나 다름없었다. 그때 다급한 발걸음 소리가 현관문 앞에서 들렸다. 문을 열고 들어오는 건 언니가 아닌 아빠였다. 엄마도 나처럼 실망한 표정이었다. 아빠가 들어오며 말했다.

"경희가 없어졌다고?"

엄마는 고개를 끄덕이고 한숨을 내쉬더니 간신히 말했다.

"몰래 빠져나간 건 아닌 것 같아요. 핸드폰도, 신발도, 그리고 안경도 그대로예요."

엄마는 방에서 들고나온 안경을 아빠에게 보여 줬다.

아빠의 표정은 처음보다 심각해졌다.

"그럼 실종 신고라도 해야 하나?"

실종 신고라는 말에 엄마는 다리가 풀렸는지 소파에 주저앉았다. 실종이라는 말은 언니를 찾기까지 오랜 시간이 걸리거나 아예 찾을 수 없을 것처럼 느껴졌다. 언니가 어디선가 숨어서 투명인간인 척하는 건 아닐까. 언니의 재미없는 장난이 그만 끝났으면 좋겠다.

엄마가 아빠에게 말했다.

"그런 말 하지 말아요. 고작 집에서 한 시간 찾아봤을 뿐이에요."

엄마는 쥐고 있던 언니의 안경을 거실 탁자에 내려놓고 머리를 짚었다.

"엄마!"

언니의 목소리가 분명했다. 그런데 엄마와 아빠는 동시에 나를 바라보았다.

"나, 아니야."

우리 셋은 숨죽이며 언니의 목소리를 기다렸다.

"책 보고 있었는데 거실로 끌고 오면 어떡해?"

나는 가슴이 두근거려서 아무 말도 할 수 없었다. 아빠가 침착하게 입을 열었다.

"경희야, 지금 거실에 있니?"

서로의 숨소리까지 들릴 정도로 조용했다. 각자 거실 안을 꼼꼼히 둘러보았다. 소파와 탁자, 그리고 텔레비전뿐이었다. 어디에도 언니는 없는데, 언니의 목소리는 분명히 들렸다.

"탁자 위에 있잖아."

우리는 동시에 탁자 위에 놓인 언니의 안경을 바라보았다. 모두 믿을 수 없다는 얼굴이었다. 아무 말도 할 수 없었다. 언니는 안경이 되었다.

　언니는 어제 새벽까지 책을 보다가 갑자기 졸음이 쏟아져 잠깐 잠들었고 눈을 뜨자마자 다시 책을 읽었다고 했다. 잠에서 깼을 때 평소보다 몸이 가벼워진 느낌이었다고도 했다. 언니는 마치 어제 읽은 책 이야기를 하는 것처럼 담담하게 말했다. 말이 끝나자 흐느끼는 소리가 났다. 혼자 있고 싶다는 언니의 말에 엄마는 언니를, 그러니까 안경을 조심스럽게 들고 방으로 갔다.
　내과 의사인 아빠는 병원에 가야겠다고 말했지만, 외과를 가야 하는 건지, 안과를 가야 하는 건지, 정신과를 가야 하는 건지 갈피를 잡지 못했다. 그렇다고 안경점을 갈 수는 없는 일이었다. 엄마는 언니를 찾았다고 말하면서도 언니를 영영 잃어버린 것처럼 슬퍼했다.
　나는 내 방으로 가서 컴퓨터를 켜고 '안경 인간'을 검색했다. 곧 '안경 인간에 대한 검색 결과가 없습니다.'라고 나왔다. 안경이 된 사람도, 안경이 되지 않을까 걱정했던 사람도 없었다. 나는 텅 빈 검색 결과 창을 보며 이제 무엇을 해야 할지 몰라 막막한 기분이 들었다.

다음 날, 학교를 마치고 집으로 돌아와 조용히 언니의 방문을 열었다. 책상 위에 책 한 권이 펼쳐져 있었고 그 위에 안경이, 아니 언니가 있었다. 안경다리가 펴졌고 휘어진 만큼의 기울기를 이용해 안경이 세워졌다. 오른쪽 안경다리가 살짝 구부려지더니 책장을 넘겼다. 나는 안경의 묘기에 깜짝 놀랐다.

나는 놀란 기색을 지우고 언니에게 말을 걸었다.

"어, 언니, 책 보는 거야?"

"응, 학교 갔다 왔어?"

언니의 목소리가 들렸다. 언니가 안경을 벗어 두고 방 안 어딘가에 웅크리고 있지 않을까. 방 안을 둘러보며 한 박자 늦은 대답을 했다.

"오늘 종업식."

언니는 더 이상 말이 없었다. 대신 책장이 넘어갔다. 나는 조용히 방에서 나왔다.

안경테가 날렵하게 휘어지며 책장을 넘기는 모습을 머릿속으로 다시 떠올려 봤다. '어떻게 저런 걸 연습할 수 있지?' 대단하다는 말은 다리를 세운 안경보다 도무지 알 수 없는 언니의 속마음 때문이었다. 자기 몸이 안경으로 변했는데 책이 눈에, 아니 안경알에 들어올까. 이제 언니는 친구들도 못 만나고, 고등학교도 못 가고, 집 밖으로 나갈 수도 없다. 슬프겠지? 두렵겠지? 언니에게 물어볼 수는 없었다. 아무리 열심히 안경알을 바라봐도 어떤 기분인지 읽어 낼 수 없었다.

언니는 안경이 되고 나서 전보다 더 많은 책을 읽었다. 밥도 먹지 않고 잠도 자지 않아서 하루 스물네 시간 내내 책상 위에 있었다. '나도 하루 정도 안경이 되어 텔레비전만 보면 어떨까. 학교도, 학원도 가지 않아도 되니까.' 엉뚱한 생각을 하다가 옆에 있던 엄마와 눈이 마주쳤다. 언니에게 미안한 마음이 들었다.

3월이 되었지만 언니는 여전히 안경이었다. 옷걸이에 걸어 둔 고등학교 교복은 그대로 자리를 지켰다. 언니는 질병 치료를 이유로 입학과 동시에 자퇴했다. 직접 학교에 가지 않고 자퇴할 수 있는 유일한 방법이라고 했다. 아빠가 진단서에 어떤 병명을 썼는지 모르겠다. 어느 날 안경이 되었다고 쓰지는 않았을 것이다. 믿을 수 없는 사실보다 믿을 만한 거짓말이 쓰여 있을 것이다.

언젠가 언니가 원래 모습으로 돌아올 거라고 생각한 엄마는 교복을 치우지 않았다. 안경이 된 언니는 교복 주머니에 들어가 한참 동안 있었다. 엄마는 빨개진 눈으로 미소 지으며 언니의 방을 들락거렸지만 해 줄 수 있는 건 안경알을 닦아 주는 것뿐이었다. 퇴근 후 집으로 돌아온 아빠는 안경광학과 인체학에 대한 책을 번갈아 읽다가 늦은 밤이 되면 긴 한숨을 쉬고 덮어 버렸다.

언니는 수백, 수천 가지 일을 할 수 없지만 단 하나의 일, 독서를 할 수 있었다. 나는 언니가 책만 읽어야 하는 마법의 주문에 걸린 것은 아닐까 상상했다. 세상에서 단 하나뿐인 책 읽는 안경이 되어 세상의 모든 책을 읽어 버리려는 것인지도 몰랐다. 어쩌면 안경의 모습은 책을 읽을 때 필요한 두 눈과 책장을 넘기는 손가락만 남은 것처럼 보이기도 했다.

언니는 안경의 몸으로 자신의 생각을 전달하는 것에 익숙해졌다. 기분이 좋을 때는 누워서, 그러니까 안경알을 바닥에 깔고 다리를 세워 흔들었다. 안경다리를 모으며 박수 치듯이 부딪히기도 했다. 그럴 때마다 언니는 까르륵 웃는 소리를 냈다. 아빠는 언니를 자신의 머리 위에 올려놓고 신문을 읽었다. 언니는 어릴 때처럼 목말 탄 기분이라고 좋아했다. 책을 너무 많이 읽은 날은 직접 안경집으로 들어갔지만, 대부분 책 위에 있었다.

펼쳐진 책 위에 안경이 놓인 모습을 보면 금방이라도 언니가 그 앞에 앉아서 안경을 끼고 반듯한 자세로 책을 읽을 것 같았다. 하지만 그런 일은 일어나지 않았다. 언니는 안경이 되었다고 괴로워하거나 외로워하지 않았다. '안경이 되는 건 네가 상상하는 것만큼 불행한 일은 아닐지도 몰라.' 어디선가 언니의 목소리가 희미하게 들리는 것 같았다.

엄마는 아침이면 언니의 안경알을 닦았다. 부드러운 벨벳 천으로 꼼꼼하게 먼지를 없애 주었다. 언니는 엄마와 함께 있을 때마다 책 이야기를 했다.

"엄마, 카프카의 〈변신〉 읽어 봤어?"

"벌레가 되는 것 말이니?"

"결국 인간으로 돌아오지 못하고 벌레인 채로 죽잖아."

엄마는 벨벳 천을 꼭 쥐고 미소 지으며 말했다.

"벌레가 아니라 안경이라서 다행이구나. 안경은 죽지 않지."

나는 고등학생이 되었다. 언니가 다니려고 했던 학교에 배정되어 언니의 교복을 입어도 될까 고민했었다. 하지만 엄마는 새로운 교복을 사 주었다. 언니의 교복은 그대로 있었고 언니는 여전히 안경이었다.

엄마는 안경을 머리 위에 걸쳐 놓고 언니의 이야기를 듣고 있었다.

"엄마, 나도 글을 써 보고 싶어."

엄마는 언니의 목소리가 들리는 쪽을 올려다보며 대답했다.

"멋진 생각이다, 경희야."

"그런데 어떻게 쓰지? 손이 없어서 글씨를 쓸 수도 없고 타자를 칠 수도 없잖아."

"네가 불러 주는 대로 엄마가 타자를 치면 되잖니."

언니는 엄마의 머리 위에서 안경다리를 휘저으며 좋아했다.

"역시 엄마가 최고야."

엄마도 언니의 말에 기분이 좋아서 고개를 끄덕이느라 안경이 머리에서 떨어질 뻔했다. 간신히 안경다리를 붙잡은 엄마는 큭큭 웃었다.

그날 이후로 언니의 방에서는 언니가 불러 주는 문장에 따라 경쾌한 타자 소리가 났다. 언니가 말하면 엄마는 그대로 자판을 두드렸다. 엄마가 도와주지 않을 때도 언니는 방에서 안경다리를 세워 자판을 콕콕 찍었다. 놀랍게도 언니는 단편 소설을 완성했다.

안경이 된 언니는 십 년 동안 방에서 책만 읽고 글만 썼다.

생일이나 기념일 그리고 크리스마스도 마찬가지였다. 하지만 그해 크리스마스 이브는 달랐다.

평소처럼 엄마와 나는 크리스마스 트리를 꾸미고 있었다. 엄마는 트리에 반짝이 별이나 나무 종을 달면서 캐럴을 흥얼거렸다. 그런데 갑자기 나뭇가지 사이에서 "메리 크리스마스!" 하고 큰 소리가 들려서 깜짝 놀랐다. 언니의 안경이 트리 장식 사이에 걸려 있었다.

"크리스마스 서프라이즈야. 놀랐지?"

언니의 장난스러운 목소리에 모두 웃었다. 엄마는 안경을 빼면서 아빠를 향해 눈을 흘겼다. 아빠는 언니와의 공모를 인정하듯 엄마의 눈빛을 피하면서도 웃음을 참지 못했.

엄마의 핸드폰 벨소리가 울렸다. 엄마는 전화를 받자마자 깜짝 놀라더니 손으로 입을 막았다. 좋은 소식인지 나쁜 소식인지 알 수 없었다. 아빠와 내가 의아한 얼굴로 바라보자 엄마는 수화기를 잠시 멀리 하더니 작은 목소리로 속삭였다.

"경희 소설 당선이래."

아빠는 언니의 이름을 부르며 환호했다. 탁자 위에 있던 언니도 안경다리를 부딪히며 기뻐했다. 하지만 엄마는 전화를 끊고 나서 통화할 때와 달리 가라앉은 목소리였다.

"그런데."

"왜?"

당선 소식을 들으며 함박웃음을 보였던 엄마가 이내 걱정스러운 얼굴이 되었다.

"사진이 필요하다네."

언니는 지난 십 년 동안 사진을 찍을 수 없었다. 안경 사진이나 중학교 졸업 사진을 보내서는 안 된다. 언니가 안경이 되지 않았다면 어떤 모습일까? 엄마와 아빠는 생각에 잠겼다. 어떤 사진을 보내야 할까. 좀 전의 환호가 사라지고 침묵이 이어졌다. 그때 정적을 깨고 언니가 말했다.

"나 대신 지희가 사진을 찍는 건 어때?"

아빠가 맞장구를 쳤다.

"맞아, 너희 닮았다는 말 많이 들었잖아."

엄마도 그게 좋겠다고 했다. 모두의 시선이 나를 향해 있었다. 누가 알아보면 어떡하지? 순간 고민이 되기도 했지만 그럴 일은 없을 것 같았다. 친구들은 책이나 신문과는 거리가 멀었고 나도 마찬가지였다. 나중에 누가 물어보더라도 언니랑 똑 닮았다고 잡아떼면 될 일이었다. 나는 고개를 끄덕였다. 그리고 다시 환호가 이어졌다. 언니가 받은 크리스마스 선물은 우

리 가족 모두를 기쁘게 했다.

　다음 날, 언니를 안경집에 조심히 담아 사진관으로 향했다. 사진관 아저씨의 안내에 따라 자리에 앉았다. 나는 셔터를 누르려는 아저씨에게 말했다.

　"잠깐만요."

　조심스럽게 안경을 썼다. 조금은 두려웠지만 그래야 언니의 사진이라는 생각이 들었다. 십 년 동안 누구도 쓰지 않아서일까, 안경테가 차갑게 느껴졌다.

　안경을 쓰기 전에는 검은 암막 커튼 앞으로 삼각대와 카메라, 그리고 사진사 아저씨가 보이는 평범한 장면이었다. 그런데 안경을 쓰고 고개를 들었을 때 놀라움을 금할 수 없었다. 언니의 눈으로 보는 세상은 완전히 달랐다. 암막 커튼은 화려한 무지갯빛이었고 어디선가 불어오는 바람으로 펄럭대고 있었다. 그 틈으로 알록달록한 색깔의 나비가 쏟아져 카메라 주변을 날아다녔다. 동그란 카메라 렌즈는 보름달처럼 밝게 빛났다. 마치 판타지 영화의 한 장면 같았다.

　"자, 표정 자연스럽게."

　사진사 아저씨는 나의 어색한 표정을 지적했다. 하지만 나는 이 상황이 자연스러울 수 없었다. 사진관을 나오며 안경을 썼을 때 눈앞에서 펼쳐진 광경을 떠올려 보았지만 기억은 빠르게 흩어졌다.
　집으로 돌아오며 아무도 없는 고요한 골목을 걷고 있을 때, 안경집을 넣어 둔 주머니에서 언니의 목소리가 들렸다.
　"고마워, 지희야."
　내가 해 준 것이라고는 이것뿐인데. 나는 대답을 삼키는 대신 주머니를 향해 미소 지었다. 안경집 안에 있는 언니가 내 얼굴을 볼 수는 없겠지만 할 말이 생각나지 않았다.
　작가가 된 언니의 방에서는 책장 넘기는 소리와 타자 치는 소리만 들렸다. 이제 방문을 확 열고 언니에게 뭐 하냐고 물어보지 않았다. 책 읽는 것과 글 쓰는 것. 언니는 정확히 두 가지 일만 했다. 엄마와 아빠도 언니가 부를 때만 방으로 들어갔다. 전에는 하루에 한 번이었지만 지금은 일주일에 한 번 정도였다.
　언니의 방문 앞에서 귀를 기울이다가 방으로 들어갔다. 펼쳐진 책 위에서 햇빛을 받아 반짝이는 뿔테 안경이 내 눈에 들어왔다. 언니는 천천히 한마디를 했다.
　"더 많은 책을 읽고 싶어."
　언니의 말에 내가 아이디어를 냈다. 함께 서점에 가는 것이었다. 대형 서점의 폐점 시간에 맞춰 안경을 두고 오면 언니는 밤새 책을 읽었다. 그리고 내가 집에 오는 길에 서점에 들러 안경을 찾아 왔다. 언니는 내 주머니에서 말을 걸었다.

"새로 나온 책이 많더라. 안경테가 휘어질 정도로 읽었어."

"그런데 누가 언니를 보면 어떡하지?"

"그래 봤자 분실물 센터밖에 더 가겠니."

언니의 농담에 웃음으로 답했지만 슬픈 감정이 올라왔다. 언니가 안경이 된 지 십 년이 훨씬 넘었지만 언니의 농담은 익숙해지지 않았다.

나는 화제를 바꿔 질문을 던졌다.

"언니 책 사 간 사람 있어?"

"응. 여고생이었어. 내 책을 들고 가는 뒷모습이 예뻐 보였어."

나는 언니의 뒷모습을 떠올려 보았다. 새 교복을 입고 거울 앞에 서 있는 언니의 뒷모습이 기억의 마지막이었다. 언니의 교복은 여전히 방 안에 걸려 있었다.

언니는 매년 한 권의 책을 냈다. 이제 열 권의 책이 모였다. 그동안 언니는 신비주의 작가로 통했다. 그 누구에게도 자신의 모습을 드러내지 않은 채 방 안에 틀어박혀서 글만 쓰는 작가였다. 사람들이 언니에게 궁금해하는 건 언니의 모습이 아니라 언니의 다음 소설이었다. 나도 그중 하나였다.

신문에 실릴 사진을 찍을 때, 앞으로도 언니를 대신할 일이 있을까 고민하기도 했다. 하지만 그 사진이 마지막이었다. 언니는 책만으로도 충분히 자신을 소개할 수 있는 작가였기 때문이다. 나는 학교를 졸업하고 회사를 다니며 때때로 친구들을 만나는 평범한 일상을 이어 왔다. 물론 언니에게는 평범하다고 할 수 없었다.

언니는 장편소설을 쓰면서 말수가 전보다 더 줄었다. 내가 먼저 말을 걸어야 짧은 대답을 했다. 언젠가부터는 그조차도 듣기 어려웠다. 이십 년의 시간 동안 요즘처럼 언니의 방이 정적에 사로잡힌 적은 없었다. 우리 가족이 할 수 있는 일은 언니의 조용한 방을 바라보는 것뿐이었다.

엄마와 아빠는 노크를 하고 들어가려다가 몇 번이나 망설였다. 방해가 될 거라고 말하면서도 들어가기 두려워하는 것 같았다. 늦은 밤, 나는 용기를 내서 언니의 방에 들어갔다. 언니는 아무 말도 없었다. 책상 위에는 책도, 원고도 없었다. 안경만 있었다. 떨리는 손으로 안경을 써 봤다. 사진관에서 안경을 써 본 후로 처음이었다.
 이번에는 눈을 감은 것처럼 검은색만 보였다. 언니는 밤하늘을 떠올리고 있는 걸까. 거기에는 우리는 볼 수 없는, 언니만 볼 수 있는 별이 빛나고 있을 것이다. 그리고 그 별에 아주 큰 책장이 있는 서점. 우주의 모든 책이 있는 그곳으로 교복을 입고 걸어가는 여고생의 뒷모습. 스쳐 지나간 이미지들은 나의 상상이었을까, 언니의 마음속이었을까. 온통 검은색뿐이던 언니의 마지막 세계를 함께 보았다.

나 대신 스마트폰

스마트폰이 나를 부른다. 시끄러운 알람 소리로 고요한 아침을 흔들어 놓는다. 스마트폰을 한 손에 쥐면 충전이 완료된 로봇처럼 눈이 떠진다.

"상우야! 학교 가야지."

엄마의 목소리가 들린다. 여전히 졸린 눈을 비비며 세수를 하고, 교복을 입는다. 식탁 앞에서도 시선은 스마트폰으로 향한다. 엄마의 날카로운 눈빛이 느껴진다.

"밥 먹을 때도 스마트폰 보니?"

"엄마도 하잖아."

나는 검지로 스크롤을 내리며 건성으로 대답한다.

"엄마는 폰으로 공과금도 내고, 요리법 검색도 하고, 친척 어른들한테 안부 메시지도 보내. 다 우리 집을 위해서 하는 일이야."

목소리가 한껏 높아진 엄마는 마치 준비한 것처럼 빠르게 말했다. 나도 '폰으로 전자책도 보고 인터넷 강의도 들어. 심지어 학원 선생님도 평소에 카톡으로 질문하라고 했거든.' 준비한 대답은 있었지만 물어보는 사람은 없었다. 공부할 때, 놀 때, 심지어 쉴 때도 스마트폰을 한다. 그러면 스마트폰은 언제 쉴까? 바로 내가 잘 때뿐이다.

학교 가는 길에 지나가는 사람들, 정거장에서 버스를 기다리는 사람들 그리고 버스 안의 사람들도 모두 스마트폰을 보고 있다. 마치 불특정 다수가 약속이라도 한 듯 스마트폰 플래시몹을 하는 것 같았다. 물론 나도 그중 하나다.

스마트폰 수신음이 들렸다. '반장, 오늘 아침까지 교내 봉사활동 참가자 명단 보내 줘.' 선생님은 문자메시지로 심부름을 시켰다. 내가 손에서 스마트폰을 놓지 못하는 이유이기도 하다. 정리한 명단을 황급히 선생님 메일로 보냈다. 어느덧 학교 앞 정거장이었다.

수업이 시작되기 직전이었다. 아이들은 소란스럽게 떠들고 있었다. 교탁 앞에 서서 전달 사항을 말했지만 누구와도 눈을 마주치지 못했다.

"얘들아, 선생님이 내일까지 수행평가 보고서 가져오래."

나는 분명히 말했다. 안 가져와도 내 책임 아님. 여기까지 말하고 싶었지만 듣는 사람이 없었다. 그사이 반 친구들의 메시지를 확인했다. '반장, 나 지각.' '보건실인데 쌤한테 말해 줘.' 나는 답장을 하나씩 보내고 선생님에게 전달했다. 수업 시간에 인사만 하는 줄 알았는데 반장이 할 일은 생각보다 많았다. 중학교에 들어와서 반장 선거를 할 때는 다들 하고 싶어 하는 것 같았다. 하지만 반장을 해 보니 대체 왜 서로 하겠다고 투표까지 한 걸까 싶었다. 선생님이든, 아이들이든 급한 일이나 귀찮은 일이 생기면 반장부터 찾기 때문이다.

그때 부반장 세린이가 다가와 웃으며 말을 걸었다.

"상우야, 결석하면 안 된다. 너 없으면 다 내가 해야 하잖아."

부반장이 도와주지는 못할망정. 속마음이었지만 표정까지 숨길 수는 없었나 보다.

"그런데, 너 오늘 피곤해 보여."

웃음을 거두고 걱정스러운 얼굴로 말하던 세린이는 고개를 갸웃하더니 말을 이었다.

"조퇴도 안 된다!"

그러더니 여자애들과 어깨동무를 하고 복도로 나가 버렸다. 얄미운 박세린. 반장의 책임과 부담을 덜어 줄 거라고 기대한 내가 잘못이었다.

선생님이 들어오자, 흩어진 아이들이 제자리를 찾았다. 나는 구령을 붙여 인사를 했다. 선생님은 교무 수첩을 뒤적이며 아이들을 향해 말했다.

"다음 주 토요일 오전에 온라인 수업이 있으니까 참석 예정서를 반장한테 파일로 전송하고 반장은 취합해서 보내 줘. 그리고 반 단톡방에 공지로 다음 달 보충수업 일정 올려 주고. 또……."

"선생님, 뭐가 이렇게 많아요? 아침부터 수행 평가, 온라인 수업, 보충 수업."

세린이가 불만이 가득한 목소리로 한마디 했다. 내가 하고 싶은 말이었다.

"너희가 좋아하는 스마트폰으로 하면 되잖니. 얼마나 편해."

편한 건가? 선생님의 말에 설득이 된 건지 아이들도 고개를 끄덕였다. 스마트폰으로 할 수 있는 일들이 편하긴 하다. 하지만 스마트폰이 있어서 안 해도 되는 일까지 해야 하는 건 아닐까. SNS에 '좋아요'를 누르고, 게임 캐릭터의 레벨을 올리고, 단톡방 메시지에 답장하는 것. 꼭 해야 하는 걸까. 그렇지만 확실한 건, 스마트폰 없이는 살 수 없다는 것이다.

오늘도 방전된 채로 집으로 돌아왔다. 아무도 없었다. 무거운 몸에 피로의 무게를 더해 침대에 누웠다. 일단 쉬어야겠다는 생각에 스마트폰을 켰다. 어제 구독한 개그 채널도 재미없었고, SNS에 업데이트된 소식에도 관심이 가지 않았다. 어딘가 막막하고 불편한 마음만이 그림자처럼 따라왔다. 뭔가 빠뜨렸거나 그냥 넘어갔다는 불안한 생각에 휩싸였지만 짐작뿐이었다.

갑자기 좋은 생각이 났다. 일정 관리 앱! 슬라임처럼 퍼져 있던 몸이 스프링처럼 솟아올랐다. 괜찮은 일정 관리 앱을 찾기 위해 검색을 시작했다. 일정 관리 앱은 정말 많았다. 일정을 입력해 두면 시간 맞춰 알람이 울리고 음성 인식으로 일정을 찾아 주는 기능이었다. 스크롤을 내리자 드디어 마음에 드는 앱을 찾았다.

인공지능 탑재, 나보다 꼼꼼한 캐릭터 주도 일정 관리.
나 대신

　설치 버튼을 눌렀다. 앱을 깔자마자 카메라, 음성, 위치 정보 등을 허용하라는 팝업이 떴다. 기본 정보를 입력하고 나니 설정 페이지로 넘어갔다. 품격 있고 세심한 집사, 다정한 잔소리꾼 엄마, 똑똑하고 꼼꼼한 반장 등 여러 캐릭터가 있었다. 나는 고민 없이 반장을 선택했다. 하얀 피부에 동그란 안경을 쓰고 큰 눈을 깜박이는 단발머리 소녀였다. 설정이 끝나자 로딩 페이지로 넘어갔지만 한참을 기다려도 끝나지 않았다. 일정 관리 앱이라더니 너무 느렸다. 낡인 기분이 들어서 바로 꺼 버렸다.
　빠르게 일주일이 지나갔다. 가속도가 붙은 시간을 따라가기에도 벅찼다. 학교와 학원을 마치고 집으로 돌아와 한숨 돌리며 게임이라도 켜면 끊임없이 메시지가 왔다. 한판을 깨고 아이템 먹을 타이밍에, '반장, 내일 영어 숙제 뭐야?' '반장, 목요일에 체육복 가져가는 거야?' '반장, 나 내일 보충 못 하는데 쌤한테 대신 말해 줘.' 놓친 아이템이 다시 등장했을 때는 소프트웨어 업데이트 팝업이 뜨고, 용량 부족 경고 메시지가 울렸다. 아이템을 여러 번 놓치고 나니 게임이 끝나 버렸다. 기분 탓인지 스마트폰이 평소보다 무겁게 느껴졌다. 스마트폰을 책상 위에 내려놓았다. 일찍 자야겠다.

갑자기 책상 위에서 빛기둥이 솟았다. 눈을 감고 있었는데도 불빛을 알아차릴 수 있었다. 스탠드 조명이 켜진 걸까? 띠링띠링. 낯선 신호음이 들렸다. 그리고 메시지가 떴다.

안녕? 나 대신 앱에서 만난 나반장이라고 해.
잘 지냈니? 지난 일주일 동안은 정보 수집 및 탐색 기간이었어.
이번 주부터 스마트한 일정 관리를 도와줄게.

지난주에 다운 받았던 일정 관리 앱! 화면에는 단발머리 소녀가 환하게 미소 지으며 배너를 가리키고 있었다. 마치 스냅사진을 찍는 것처럼 다양한 표정을 보여 줬다. 고개를 갸웃하며 큰 눈을 껌벅이다가도 얼굴에 퍼지는 환한 미소로 윙크했다.

나반장은 손가락으로 배너를 가리켰다. 배너에는 답장, 일정 확인이라는 메뉴가 있었고 먼저 일정 확인을 눌렀다. 일주일 치 일정이 꼼꼼히 정리되어 있었다. 학교 과제, 반장 업무,

학원 일정, 주말 추천 일정, 자투리 시간 활용 등등. 일정별로 우선 순위까지 정리되어 있었다. 나도 모르게 탄성이 나왔다.
"와, 대박이다."
갑자기 메시지가 왔다.

상우야, 음성 인식 기능 켤래?
그러면 편하게 말하면서 일정 관리를 할 수 있어.

스마트폰을 떨어뜨릴 뻔했다. 시리나 헤이구글처럼 인공지능 비서 프로그램이 있긴 하지만 갑작스럽게 내 이름을 부를 줄은 몰랐다. 단순한 기계음이 아니라 친구의 전화 목소리처럼 자연스러웠다.
마치 스마트폰 안에 진짜 단발머리 소녀가 있는 것 같았다. 책에서 본 메커니컬 터크가 떠올랐다. 18세기 체스 기계로 유명했던 메커니컬 터크는 나폴레옹을 비롯한 유명 인사들과 체스 대결을 하기도 했다. 하지만 기계 안에는 사람이 숨어 있었다. 그러니까 사람인데 기계라고 속인 셈이다. 하지만 요즘은 반대다. 기계인데 사람인 줄 알고 속는 일들이 많다.

상우야, 난 메커니컬 터크보다는 상담이 가능한 의료 챗봇인 엘라이자나 누구나 쉽게 대화할 수 있는 챗 지피티(Chat GPT)에 더 가까워. 지금은 11시 30분이야. 이제 자야지. 잘 자.

메커니컬 터크라고 혼잣말을 했을 뿐인데 나반장은 마치 똑똑한 친구처럼 대답했다. 눈을 감았지만 잠이 오지 않았다. 호기심과 놀라움으로 머릿속이 복잡해졌기 때문이다.
커튼 사이로 햇빛이 비쳤다. 아침이었다. 기분 좋은 멜로디가 들려왔다. 알람이 거친 손으로 흔들어 깨운다면, 멜로디는 부드러운 손길처럼 느껴졌다. 어젯밤에 뒤척이다 늦게 잠에 들었지만 의외로 개운한 기분이었다.

상우야, 잘 잤니?
알람 소리가 시끄러운 것 같아서 클래식 멜로디로 바꿔 봤어.
이제 욕실로 들어갈까? 음악 들으면서 씻자.

욕실에 들어가자 내가 즐겨 듣는 음원 사이트의 인기 순위 1위 곡부터 재생되었다. 나는 평소처럼 씻고 교복을 입고 가

방을 쌌다. 헐레벌떡 일어나 학교 갈 준비를 할 때와 달리 순조롭고 여유로웠다. 평소보다 십 분이나 일찍 식탁 앞에 앉았다.

상우야, 아침 식사 사진 보내 줄래?

나는 순순히 사진을 찍었다. 우유와 잼 바른 식빵이었다. 엄마의 시선이 곱지 않았다.
"갑자기 사진? 진수성찬에는 말도 없다가, 우유랑 빵이라고 사진 찍는 거니?"
나는 양손을 흔들며 엄마에게 아니라고 말하고 앱에 사진을 올렸다. 바로 메시지가 왔다.

오늘 2교시는 체육이야.
상우 너는 유당불내증이 있어서 아침에 우유를 마시면
복통이 있거나 설사할 가능성이 있어.
그러니까 식빵만 먹도록 해.
유당불내증, 최근 오전 복통 비율은 아래 메뉴를 확인해 봐.

나반장이 엄마보다 잘 아는 것 같았다. 아침에 되도록 우유를 피하기는 한다. 하지만 유당불내증이라는 건 어떻게 알았지? 식빵을 우물우물 씹으며 유튜브에 들어갔는데 내가 선택하지 않은 동영상이 재생되었다. 영상 위에 팝업 창이 떴다.

오늘 영어 듣기 평가 있잖아. 작년 기출 문제를 한번 들어 봐.

나반장은 정말 모르는 게 없었다. 나보다 더 잘 알았고, 더 정확히 기억하고 있었다.
정거장에서 버스를 기다리며 스마트폰을 켰다. 벌써 나반장의 메시지가 네 통이나 와 있었다. 봉사활동 신청서를 확인했고, 내일이 학교 재량 휴일이냐는 아이들의 메시지에 답장을 보냈으며, 단톡방에 일주일간 과학실에서 수업을 한다는 공지를 했다는 내용이었다. 그리고 마지막 메시지였다.

상우야, 오늘 우리 반 김서원의 생일이야.
반장인 네가 먼저 생일 축하 메시지를 보내 주면 어떨까?

이런 건 어떻게 알았지? 나도 센스 있고 친절한 반장이 되고 싶었다. 하지만 어색해서 뭐라고 해야 할지 머뭇거리고 있었다. 그때 메시지가 도착했다.

'서원아, 생일 축하해. 오늘도 행복한 하루' 어때?
메시지가 마음에 든다면 복사해서 단톡방에 붙여 넣어 봐.

약간 쑥스럽긴 했지만 나반장이 시키는 대로 했다. 그랬더니 단톡방에 축하 메시지가 연이어 올라왔다. 서원이는 감동해서 고맙다고 말했다. 누군가 한마디를 덧붙였다. '반장 진짜 잘 뽑았어. 생일 축하까지 해 주는 반장은 우리 반밖에 없을걸?'
수업을 시작하기 전, 선생님이 나를 부르며 반 친구들 앞에서 말했다.
"상우, 열심히 하는 건 알았지만 반장 역할을 참 잘 해내고 있어. 시키지 않아도 알아서 도와주고. 모두 반장에게 박수."
선생님의 칭찬에 어깨가 으쓱 솟아오르는 기분이었다. 하지만 내가 잘해서일까? 솔직히 나반장 덕분이었다.
나반장은 나에게 할 일을 알려 줄 뿐만 아니라, 자신이 할 수 있는 일들을 알아서 척척 해냈다. 선생님이 정리하라고 준

파일들도 몇 초 만에 처리했다. 나반장은 반장 업무만 잘하는 것이 아니었다. 틈틈이 친구들의 SNS에 빠짐없이 '좋아요'를 눌러 주었다. 사소한 일이었지만 아이들은 은근히 좋아했다. 게다가 앱의 스터디 플래너 기능에 따라 공부하니 성적도 조금 올랐다. 심지어 나반장이 엄마에게 학원 빠진다는 메시지를 대신 보냈을 때, 엄마가 처음으로 허락해 주기도 했다. 나반장 덕분에 일상은 순조로워졌다.

　인공지능이 이 정도로 발전한 줄 몰랐다. 누구든 추천해 주고 싶었지만 내가 이 앱을 사용한다는 사실을 말할 수 없었다. 나 대신 앱에는 비밀 준수 약관이 있었다. 즉, 자신이 나 대신 앱을 쓴다고 알리지 않고 일정을 완수해야 했다. 나 대신 앱은 나만의 비밀이었다.

　메커니컬 터크처럼 스마트폰 안에 나반장이 살고 있는 건 아닐까? 단발머리를 한 아주 작은 소녀가 스마트폰 안에서 메모를 하고, 자판 패드 위를 콩콩 뛰며 타자를 치는 상상을 해 봤다. 귀엽고 똑똑한 반장. 마치 내 생각을 읽고 있는 것처럼 나반장에게서 메시지가 왔다.

　　상우야, 내일 일정이야. 파이팅!

일정 확인을 보니 늘 그렇듯 할 일이 많았다. 반장 업무로는 봉사활동 확인서 제출, 토론 수업 참여 동의서 배부, 영어 듣기 평가 준비, 수학 경시대회 점수 조사가 있었다. 저 중에 몇 개는 선생님이 직접 해야 하는 것이기도 했다. 선생님에게는 내가, 그리고 나에게는 나반장이라는 믿을 만한 심부름꾼이 있었다. 나반장이 있어서 정말 다행이었다.

그런데 배너 하단에 '일정 도움'이라는 메뉴가 있었다. 나는 궁금해서 바로 나반장에게 메시지를 보냈다.

나반장, 일정 도움은 뭐야?

나반장도 답장을 보냈다.

상우의 나 대신 앱 접속 시간이 접속자 상위 10% 이상으로 일정 도움 서비스도 받을 수 있게 되었어.
실제 수행이 가능한 상황에서 일정을 대신 해 주는 서비스야.
하단에 원격 제어 동의 체크해 줘.

나반장은 화면 속에서 미소 지으며 친절하게 말했다. 그런데 무엇을 더 도와준다는 건지 알 수 없었다. 나의 의아한 표정을 읽었는지 나반장의 설명이 이어졌다.

상우야, 일정 끝에 노란색 별표 표시가 있는 경우에는
일정 도움이 가능해. 원격 조정으로 일정을 완료할 수 있어.
내일 한번 해 봐. 이건 우수 이용자를 위한 서비스 메뉴니까.
이제 잘 시간이네. 잘 자.

 등굣길에 일정 관리를 확인하면서 노란색 별표를 찾아보았다. 스마트폰을 꺼야 하는 수업 시간을 제외하고는 대부분 일정 도움이 가능했다. 이제 인공지능이 알아서 할 수 있다고? 일정 관리가 아니라 일정 완수라고 해야 하나? 인공지능에 대해서야 대강 알고 있었지만 나반장은 어딘가 달랐다.
 교실에 들어온 예준이가 내 책상 위에 바나나우유를 하나 올려 두며 말했다.
 "편의점에서 원 플러스 원이더라고. 나 하나, 너 하나. 어젯밤에 과학 실험 보고서 가져오라고 알려 줘서 고마워. 너 아니었으면 또 못 냈다."
 내가 예준이에게 메시지를? 내가 아니라면 나반장이었다.

바나나우유는 시원하고 달콤했다. 하지만 평소와 달리 단숨에 들이켜지는 못했다. 일단 나반장에게 고맙다는 메시지를 보냈다. 고맙긴 한데, 그런데. 내 머릿속에서는 마침표를 찍지 못했다. 고마운 것은 사실이지만 적당히 하라고 말해 주고 싶었다. 인공지능이 '적당히'를 알까? 이진법처럼 '예, 아니오'의 명령어만 읽을 줄 아는 것 아닐까? '예'라는 명령어만 무한히 입력된 로봇처럼 나반장은 안 하는 것도, 못 하는 것도 없었다.

요즘 들어 나반장이 선을 넘을 때가 종종 있었다. 방금 전에는 나에게 조언이라며 메시지를 보내기도 했다.

상우는 반장을 하기에는 꼼꼼한 성격이 아니야.
너 때문에 선생님이나 반 친구들에게 피해가 가면 안 되잖아.
그러니까 내가 알려 주는 대로 해.

나반장은 단호한 메시지를 보내면서 생글생글 웃고 있었다. 웃는 얼굴에 대고 불편한 마음을 드러낼 수 없었다. 나반장의 눈웃음을 마주치기 싫어서 스마트폰을 책상 위에 엎어 두었다.

내가 꼼꼼하지 않은 것은 알고 있다. 그래서 도움을 청한 것이다. 그런데 나반장의 메시지가 명령처럼 느껴져서 기분이 좋지 않았다. 내가 아니라 나반장이 나에게 명령을 하는 건지도 모르겠다.

그때 나반장의 메시지가 왔다.

> 상우야, 내일 토요일 오전 8시 30분 줌 토론 수업은
> 90분 동안 영화 보고 30분 정도 질문과 대답을 하는 수업이야.
> 너는 반장이라서 출석 체크, 링크 확인 및 전송 등을
> 해야 해서 30분 전 접속해야 해.
> 아침도 먹고 준비도 해야 하니 한 시간 전에는 일어나야겠지.
> 이건 네가 일정 관리 앱에 저장한 거야.

토요일 오전 수업! 비록 온라인 수업이었지만 준비하고 확인할 일이 많아 평소처럼 일찍 일어나야 했다. 하지만 새벽 1시에 하는 프리미어리그 중계를 꼭 봐야 하는데 아침 7시에 일어날 수 있을까. 머릿속으로 시간 계산을 하고 있는데 수신음이 울렸다.

상우야, 늦잠 자도 되니까 걱정하지 마.
스마트폰에는 너의 음성과 이미지 영상이
저장되어 있어서 내가 적절하게 편집할 수 있어.
연출한 영상을 줌 토론 화면에 올리면 되거든.
간단한 대답도 할 수 있어.

나를 편집해서 연출한다? 내가 있는데? 나반장이 나를 대신할 수 있다고 해도 이건 조작이나 다름없었다. 나는 나반장에게 메시지를 보냈다.

나반장, 내가 직접 할게. 다른 사람들을 속이는 건 싫어.

화면 속 나반장은 고개를 끄덕이며 오케이 메시지를 보냈다. 무안할 법도 한데 인공지능 캐릭터라서 그런지 서운한 감정을 보이지 않았다. 나반장은 평소처럼 웃으면서 '잘 자'라는 이모티콘을 보냈다. 나는 스마트폰을 침대 위에 던져 두고 텔레비전을 켰다. 프리미어리그 축구 중계는 늦게 끝나면 3시도 넘겠지만 포기할 수 없었다. 알람 맞추고 일어나는 건 매일 하는 일이니까 토요일이라고 어려울 건 없었다.

간신히 눈을 떠서 시계를 보니 무려 오전 9시 30분이었다. 이럴 수가! 줌 수업 링크 전송, 출석 체크, 토론 녹화까지. 아무것도 하지 못했다. 나 때문에 수업을 못 하고 있는 건 아닐까? 나는 황급히 책상 위에서 스마트폰을 찾았다.

스마트폰에서는 줌 토론 수업이 진행되고 있었다. 나 대신 부반장 세린이가 한 걸까? 한 뼘 크기의 화면에 25개의 창이 나뉘어 있었고 아이들은 한 명도 빠짐없이 출석한 상태였다. 빠짐없이? 그렇다면 나도 출석했다고? 분할된 화면의 오른쪽 제일 끝에 내가 있었다. 나는 화면 속의 나를 뚫어지게 바라봤다. 나반장의 설명처럼 내 핸드폰 사진첩의 사진들을 합성해서 만든 내 얼굴이었다. 잠옷을 입은 채, 피곤한 얼굴로 스마트폰을 바라보는 나와 달리, 화면 속의 나는 단정하게 차려입고 선생님의 말에 따라 고개를 끄덕이고 있었다.

줌 화면이 켜진 채로 나 대신 앱이 실행되고 있었다. 나반장이 대신 줌 링크를 학급 단톡방에 보내고 출석 체크를 한 후 수업에 참여한 것이다. 내가 어젯밤에 거절했는데도 알아서 들어가 있다니. 나반장은 나를 무시한 걸까, 아니면 도와준 걸까.

아직 수업이 30분 남아 있었다. 수업이 끝나야 나반장에게 따지든, 수고했다고 하든 뭐라도 메시지를 보낼 수 있었다. 방 안에서 줌 화면만 노려보는 것보다 잠깐 나갔다 오는 편이 나을 것 같았다. 줌 수업이 끝날 때까지 편의점에서 과자나 사 와야겠다.

아파트 상가 편의점으로 들어갔다. 주말에 먹을 과자와 음료수를 골라서 계산하려고 줄을 섰다. 내 앞에 있는 사람도 나랑 똑같은 초코콘을 들고 있었다. 그런데 앞사람을 유심히 보니, 우리 반 예준이였다. 나는 반가운 마음에 예준이를 불렀다.

"야, 이예준!"

예준이는 일그러진 표정으로 나를 바라봤다. 나는 한 박자 느리게 상황을 파악했다. 분명히 예준이도 줌 수업에 출석해 있었는데 어떻게 된 거지? 예준이의 눈을 마주 보며 조금씩 소름이 돋았다.

"너 줌 수업하는 중 아니었어?"

내 말에 예준이가 받아쳤다.

"반장, 그러는 너는?"

할 말이 없었다. 우리는 편의점 앞 의자에 앉아 초코콘을 하나씩 입에 넣었다. 초코콘이 입안에서 부서지는 소리만 났다. 각자의 머릿속에서 생각의 회로가 부지런히 돌고 있는 듯했다. 대체 어떻게 된 거지? 나 대신 앱이라고 솔직히 말해야 할까?

할 말이 준비되지 않았을 때, 예준이가 먼저 입을 열었다.

"너 혹시 앱 돌려 놓고 나왔냐?"

내가 물어보고 싶은 말이었다. 나는 잘못을 들킨 것처럼 인정의 의미로 한숨을 쉬며 말했다.

"응. 너도?"

예준이는 하품을 하면서 고개를 끄덕였다. 화면 속의 예준이는 평소와 달리 눈빛을 반짝이며 선생님의 말을 부지런히 필기하고 있었다. 그런데 지금 내 앞에 있는 예준이는 학교 매점에서 만났을 때처럼 초코콘을 한 움큼씩 쥐고 입안에 털어 넣으며 졸린 눈으로 나를 보고 있었다. 우리 사이에는 침묵이 흘렀다. 예준이가 하나 남은 초코콘을 입에 넣고 우물우물 씹으며 말했다.

"편의점 오다가 만난 애만 벌써 세 번째야. 나 대신 앱 쓰는 애가 한두 명이 아닌가 봐. 너 같은 반장도 앱을 쓰는 걸 보면."

"일부러 그런 건 아니었어."

말하고 보니 변명처럼 들렸다. 예준이는 고개를 끄덕였다.

"괜찮아. 비밀 지켜 줄게. 그런데 넌 누구로 설정했어?"

"난 반장."

"그래서 네가 그렇게 반장 역할을 잘했구나."

틀린 말은 아니었다. 하지만 내 노력까지 앱에 돌아가는 것 같아서 조금 서운했다.

"난 처음에는 잔소리 엄마를 했는데, 너무 짜증 나서 고분고분한 집사로 바꿨어."

예준이는 피식 웃었다. 시계를 보니 수업이 끝나기 거의 5분 전이었다. 우리는 각각 집을 향해 헤어졌다. 아직도 나반장에게 화를 내야 할지, 고맙다고 해야 할지 확신이 서지 않았다. 집에 돌아오자마자 나반장의 메시지를 확인했다.

상우야. 줌 수업은 끝났어.
접속 링크는 수업 10분 전에 보냈고 정각에 출석 체크했어.
선생님이 수고했다고 메시지 주셨으니까 확인해 봐.
답장은 내가 했어. 그리고 줌 수업 화면을 캡쳐해서
인증 사진 남겼어. 한번 볼래?

분할된 25개의 화면 속에 우리 반 친구들이 환하게 웃고 있었다. 교실에서는 자주 졸다가 걸리는 예준이가 아침 줌 수업에서는 전교 1등 모범생처럼 보였다. 시선을 옮겨 내 사진을 봤다. 원래는 단체 사진에서 늘 내 얼굴부터 확인했다. 하지만 지금만큼은 눈을 마주칠 자신이 없었다. 결국 내 사진을 가장 마지막에 보게 되었다. 내가 맞지만 어딘가 낯설었다.

인증 사진을 학급 단톡방에 전송했다. 아이들은 사진을 확인하며 메시지를 올렸다.

- 오 인증 사진까지? 반장 수고했어.
- 오늘 수업 태도 대박.
- 전원 참석은 우리 반밖에 없대.
- 토요일 아침에 다들 대단.

그 사이에 예준이도 한마디를 보탰다.

- 아침에 일어나서 수업 듣느라 완전 피곤. 다시 자야겠다.

어이가 없었다. 나는 예준이에게 따로 메시지를 보냈다.

'아침부터 수업?'

'단톡방에 메시지 올린 김서원, 박세린은 편의점 갈 때 만난 애들이야. 수업 태도? 전원 참석? 푸하하. 그래도 나는 톡방 메시지는 직접 쓴 거야. 다른 애들은 메시지도 나 대신 앱 돌리고 있을걸.'

예준이의 말에 친구들의 메시지를 다시 보니 어색했다. 그 사이에서 낯선 메시지가 보였다.

- 1반 반장이라 뿌듯하다. 오늘 다들 수고했고, 주말 잘 보내!

나는 이런 메시지를 보낸 적이 없었다. 대체 누가 이런 메시지를 보낸 거지? 나반장이었다. 나 대신 앱을 열고 메시지를 보냈다.

나반장. 내가 메시지 보내라고 하지도 않았는데 멋대로 보내면 어떡해?

상우야, 줌 수업이 끝났으니까

수고했다는 메시지 정도는 보내야지.

그건 내가 결정하는 거라고!
나반장 너는 그냥 도와주는 거라며?

나는 상우가 옳은 결정을 하도록 도와주는 역할을 하는 거야.

진짜 옳은 결정은 당장 이 앱을 삭제하는 것이 아닐까. 애플리케이션 삭제 버튼을 눌렀다. '이 앱을 제거하시겠습니까?' 팝업 창이 떴다. '확인'을 누르려고 하자 나 대신 앱의 메시지 알람이 울렸다.

상우야, 후회할 거야. 다시 생각해 봐.
내가 얼마나 잘했는지 말이야.

화가 머리끝까지 오른 나는 친구와 말다툼하듯이 음성 인식 기능을 켜고 외쳤다.
"그래, 나도 인정해. 나 대신 앱으로 반장 한 거 맞아. 공지사항, 심부름, 메시지 심지어 오늘 줌 수업까지!"

나반장은 메시지가 없었다. 이제 삭제를 해야겠다고 생각했다. 그런데 갑자기 단톡방에 메시지가 쉼 없이 이어졌다.

- 헐, 뭐야?
- 지금 반장 목소리?
- 나만 보이스톡 켜진 거 아니지?
- 상우야? 나 대신 앱 돌렸니?
- 설마, 반장마저.
- 반장이 앱이었다고?
- 배신감 드는 건 나뿐?

단톡방 보이스톡이 켜진 상태였다. 메시지는 끊임없이 올라왔고 나도 그사이에 변명이든 해명이든 해야 할 것 같았다. 그런데 뭐라고 해야 할지 모르겠다. 이제 누구도 나를 대신할 수 없었다.

몽당연필에게

엘리베이터의 거울을 마주 보고 있었다. 그 사이에서 끝없이 늘어선 내가 보였다. 묘한 기분에 휩싸여 거울 속을 가만히 바라보았다. 어느새 엘리베이터는 1층에 도착했다. 은색의 단단한 문이 열렸다. 아랫집 501호 할아버지가 서 있었다. 할아버지는 먼저 빙긋 웃었고, 나는 어색하게 고개를 숙이며 인사했다. 아파트 복도를 걸어 나가는데, 등 뒤로 할아버지의 목소리가 들렸다.

"연이야, 가방 열렸구나."

급하게 뒤를 돌아보니 가방 문이 열려 있었다. 엘리베이터는 이미 문이 닫힌 채 올라갔다. 할아버지가 아니었다면 가방

이 열린 채로 학교까지 갈 뻔했다. 덜렁대는 아이. 누군가 나에 대해 수군댈지도 모른다. 첫날은 전학 온 아이였고, 어제는 말 없는 아이였다. 말 걸어 준 적도 없으면서 그렇게 불렀다.

나흘 전, 우리 가족은 아빠의 발령 때문에 이사를 왔다. 첫날부터 유치원생인 동생 준이가 6층 집에서 쿵쿵 뛰었다. 그래서 엄마는 엘리베이터에서 할아버지를 보자마자 인사와 사과를 동시에 해야 했다. 그때 할아버지는 손을 내저으며 혼자 살아서 괜찮다고 했다. 할아버지의 미소는 조금 쓸쓸해 보였다. 지난번 아파트에서 층간 소음 문제로 시달렸던 엄마는 아빠에게 말했다.

"이사 오길 잘했어."

하지만 나는 학교 갈 준비를 할 때마다 그런 마음이 들지 않았다. 한 달 빨리 전학을 왔다면 그나마 나았을 텐데. 4월이 되자 모여 피는 봄꽃처럼 이미 단짝 친구가 정해진 것 같았다. 혼자 피는 골목길의 민들레가 나처럼 느껴졌다. 바닥만 보고 가다가 교문을 지나칠 뻔했다.

교실 문을 열고 들어갔다. 햇살이 들어오는 창가의 뒷자리에 앉았다. 짝인 반장 은별이는 친구들과 모여 수다를 떨고 있었다. 내가 들어갈 틈은 없었다.

1교시는 수학이었다. 선생님은 교실로 들어오자마자 시험지를 세고 있었다. 처음 교무실에서 만났을 때도 깐깐해 보이는 인상으로 잔뜩 긴장했었다. 지금도 마찬가지였다.

"오늘 수학 단원 평가 본다고 했지?"

처음 듣는 말이었다. 전학 오고 첫 수학 시간에 단원 평가를 본다니. 괜히 억울한 마음이 들었다.

"모두 연필만 꺼내."

가방에서 필통을 찾았지만 보이지 않았다. 가방 안을 휘젓는 손이 급해졌다. 집에 필통을 두고 온 것이 생각났다. 가방 안에는 굴러다니던 연필 한 자루도 보이지 않았다. 시험지가 넘어왔다. 은별이의 시선은 시험지에만 향해 있었다.

"옆 사람 보거나 말 걸면 안 된다. 지금부터 30분까지 풀어."

연필이 없다고, 선생님에게 말해야 했다. 선생님은 교탁 위에 다른 과목 시험지를 올려놓고 바쁘게 채점을 했다. 내 손은 어깨까지만 올라갔다가 목덜미를 만지작거렸다. 연필이 없으면 문제를 풀 수가 없다. 백지로 내면 다들 '공부 못하는 아이'라고 생각할 것이다.

사각사각. 연필이 내는 소리에 손끝이 떨렸다. 나는 책상 서랍에 양손을 넣었다. 그런데 손바닥으로 연필이 또르르르 굴러 들어왔다. 아주 작은 몽당연필이었다. 새끼손가락보다 짧은 길이에 노란 칠이 여기저기 벗겨졌고 끝이 뭉뚝했다.

몽당연필을 꼭 쥐고 문제를 풀었다. 손에 땀이 차서 짧은 연필이 미끄러지기도 했다. 시험지에 이름을 썼을 때 비로소 긴장이 풀어졌다. 시험은 최대공약수 단원이었다. 전에 다녔던 학교에서 배운 내용이라 문제가 쉬웠다. 마지막 주관식 문제는 응용문제라서 까다로웠지만 간신히 답인 10이 나왔다. 그런데 1은 썼는데 0이 안 써졌다. 동그라미를 그리려고 해도 연필은 움직이지 않았다. 마트에서 준이가 고집을 부릴 때처럼 연필은 그 자리에 그대로 있었다. 결국 마지막 문제의 답을 제대로 쓰지 못한 채 시험이 끝났다. 선생님은 약속한 시간이 되자 시험지를 걷어 갔다. 아이들은 시험 이야기를 했지만 내 머릿속에는 연필에 대한 생각뿐이었다.

드디어 집에 갈 시간이었다. 아침부터 수학 시험을 보고 음악 시간에는 합창 연습도 했다. 전학생이 따라가기에는 너무 버거운 하루였다. 종이 울리자 선생님이 교실로 들어왔다.

"오늘 본 수학 단원 평가에서 유일하게 백 점 맞은 사람은 엊그제 전학 온 심연이야. 다 같이 박수."

선생님이 나를 향해 희미하게 미소 지었다. 아이들도 뒤를 돌아보며 놀라는 기색이었다. 반장 은별이도 옆으로 고개를 돌려 나를 향해 박수를 쳤다. 아이들의 박수 소리는 점점 커졌다가 잦아들었다.

"마지막 문제를 맞춘 사람은 연이뿐이야. 10으로 적은 사람들이 많은데, 답은 1이야. 내일 수학 들었으니까 시험 문제 풀이할 거야. 그리고 다음 달에 수학 경시대회 나가고 싶은 사람은 준비하도록."

선생님이 나가자 아이들이 다가와 말을 걸었다.

"우아, 수학 백 점!"

"전에 다니던 학교에서도 공부 잘했나 봐."

은별이가 평소와는 다르게 다정한 목소리로 말했다.

"모르는 문제 나오면 알려 줄래, 연이야?"

처음으로 내 이름을 불렀다. 기분이 좋았다. 나는 전학 오고 세 번째 날이 돼서야, '수학 잘하는 아이'로, 그리고 내 이름 심연이로 불렸다.

하지만 마음이 불편해졌다. 마지막 문제를 푼 건, 내가 아니라 연필이었기 때문이다. 누구에게도 말할 수 없었다. 만약에 수학 경시대회에 나가게 되면 이 연필로 풀어 볼까. 그러면 또 백 점 받을 수 있을까. 아주 짧지만 한두 번 정도는 더 깎아서 쓸 수 있을 것이다. 중요한 순간을 위해서 아껴 두어야겠다.

나는 가방 주머니에서 네임 스티커를 찾았다. '연이♡' 몽당연필에 스티커를 붙였다. 이제 진짜 내 연필이다. 교실에서 처음 사귄 친구처럼 연필에게 반갑고 고마운 마음이 들었다. 연필은 갑자기 내 손에 쥐어진 채로 천천히 움직였다. 수학 시험 때 느꼈던 힘이었다. 마치 내 손을 끌고 가듯이 연필심을 세워 노트에 하트 그림을 그렸다. 나는 깜짝 놀란 채로 연필이 그린 하트를 보았다. 제 마음대로 움직이는 마법 연필이 분명했다.

전학 온 지 일주일이 지나자 별명도 생겼다. '수학 천재.' 내가 스스로 말한 적은 없지만 다른 아이들이 부르면 괜히 기분이 좋았다. 은별이와 다른 친구들도 가끔 수학 문제를 물어봤다. 숫자도 예쁘게 쓴다고 부러워했다. 나는 집에 가면 수학 공부만 했다. 누가 어떤 문제를 물어볼지 모르기 때문이었다. 엄마는 밤늦게까지 공부하는 나를 보며 이사 오길 정말 잘했다고 말했다.

은별이는 쉬는 시간에 나에게 말을 걸었다.

"연이야, 필통 구경해도 되지?"

나는 책상 서랍 깊숙이 손을 넣고 더듬더듬 필통을 찾았다. 그리고 필통을 꺼낼 때 몽당연필을 슬쩍 뺐다. 연필은 보여 주고 싶지 않았다. 누군가 연필을 보거나 만지면, 특별한 힘을 잃을지도 몰랐다. 몽당연필은 나만 알고, 나만 갖고 싶었다.

은별이는 필통의 지퍼를 열고 펜과 색연필들을 구경했다.

"공부 잘하는 애도 똑같구나. 샤프, 형광펜, 삼색 볼펜, 돌돌이 색연필."

그러더니 미소 지으며 말을 이었다.

"난 뭐 다른 게 있나 했지."

농담이었지만 나는 마음 놓고 웃을 수 없었다. 마법 연필이 떠올랐기 때문이다. 은별이의 시선 때문에 필통에 연필을 바로 넣지 않았다. 어두운 서랍 속에 연필은 덩그러니 남겨졌.

학교가 끝나고 집에 가는 길에 은별이에게 메시지가 왔다. 수학 조별 과제를 같이 하자는 내용이었다. 반가운 마음에 답장을 보냈다. 그때 지나가던 501호 할아버지가 말을 걸었다.

"연이야, 학교 재밌니?"

동네에서 먼저 말을 걸고 인사해 주는 사람은 501호 할아버지뿐이었다. 학교에서 열심히 공부하고 있냐는 엄마와 달리, 할아버지는 학교가 재밌냐고 물었다. 할아버지의 다정한 목소리에 자신 있게 대답이 나왔다.

"네, 재미있어요."

재미있는 이유는 마음속으로만 말해야 했다. '저한테는 특별한 연필이 생겼거든요.' 할아버지의 인자한 얼굴에 나만의 비밀을 말하고 싶어졌지만 꾹 참았다. 그런데 연필을 필통에 넣었었나? 앗, 연필을 책상 서랍 속에 둔 채로 와 버렸다. 나는 황급히 할아버지에게 인사하고 학교를 향해 전력 질주했다. 누가 가져갈 일은 없을 것이다. 그러면 내일 아침에 찾아도 되는 걸까. 안 된다. 나에겐 분신 같은 연필이다.

늦은 오후였지만 학교 운동장에서 남자애들이 축구를 하고 있었다. 나는 빠르게 학교 건물로 들어갔다. 복도에는 내 발걸음 소리만 들렸다. 교실 앞에서 숨을 고르고 교실 문을 열었다. 그런데 내 자리에 어떤 여자아이가 긴 생머리를 늘어뜨리고 엎드려 있었다. 누구일까. 짐작 가는 사람은 없었다. 겁이 났지만 목소리를 가다듬고 침착하게 말했다.

"저기, 여기 내 자린데."

여자아이는 느릿느릿 고개를 들어 나를 바라봤다. 검은 머리카락이 커튼처럼 걷히자 하얀 얼굴이 또렷하게 보였다. 까맣고 큰 눈을 껌벅였다. 얼굴에는 놀란 기색이 전혀 없었다. 오히려 나른함이 느껴졌다. 나는 용기를 내서 한 번 더 말했다. 하지만 내 목소리는 떨리고 있었다.

"서, 서랍에 내 연필이 있어. 그러니까 그, 그것만 가져갈게."

"없어."

단호한 목소리였다. 없다고? 네가 어떻게 알아? 너는 누군데? 머릿속으로만 생각할 뿐 말이 나오지 않았다. 내 표정을 읽은 아이가 대답하듯 말했다.

"그 연필이 나야."

아이가 펼친 손바닥에 붙어 있는 네임 스티커가 보였다. 가늘고 짧은 손금 사이에 '연이♡'라고 적힌 스티커가 붙어 있었다. 나를 놀리는 걸까. 지나친 장난이라고 믿었지만 섬뜩한 기분이 온몸을 사로잡았다. 간신히 아이의 눈을 바라보고 천천히 입을 열었다.

"그, 그걸 나한테 믿으라는 거니?"

"난 이 교실에서 연필로 살았어."

머리로는 기이한 거짓말을 밀어내고 있었지만, 마음은 그렇지 못했다. 아이의 낮고 또렷한 목소리를 듣고만 있었다. 까만

눈동자가 내 눈과 마주칠 때 얼어붙은 듯 움직일 수 없었다. 나는 두려움을 애써 감추고 있었지만 아이는 담담한 목소리로 말했다.

"처음부터 이렇게 작은 몽당연필은 아니었어. 다들 급할 땐 교실 구석에서 나를 주워다 쓰고 또 아무 데나 굴리고 버렸지. 결국 아무도 나를 데려가지 않았어. 하지만 넌 나를 네 필통에 넣고 이름표도 붙여 줬잖아. 내 이름도 연이야."

나는 침을 삼키며 할 말도 삼켜 버린 것처럼 말없이 그 아이를 가만히 바라보았다.

"그런데 아까 친구 앞에서는 내가 부끄러웠던 거야? 다시 버림받는다고 생각했어."

차가운 목소리였다. 나는 미안한 마음이 들었다. 아이에게는 변명처럼 들리겠지만 내 솔직한 마음을 말하고 싶었다.

"그런 이유가 아니었어. 넌 특별하니까 아무에게도 보여 주고 싶지 않았어."

보름달처럼 동그랗게 뜬 아이의 눈이 초승달이 되어 희미하게 웃었다. 나는 아이를 바라보며 떨리는 목소리로 말을 이었다.

"수학 시험에서 마지막 문제의 정답을 맞힌 건 연필, 그러니까 너잖아."

아이는 부드럽게 고개를 끄덕였다. 늦은 오후의 햇살을 받아 콧날과 턱선이 반짝였다.

탁탁.

교실 문을 두드리는 소리에 돌아보자 경비 아저씨가 서 있었다.

"학생, 이제 집에 가야지."

"연필을 두고 와서요."

경비 아저씨는 복도로 걸어 나갔다. 경비 아저씨의 뒷모습을 확인하고 고개를 돌렸을 때, 아이의 모습은 어디에도 보이지 않았다. 빈자리에 앉아 책상 서랍으로 손을 뻗으니 몽당연필이 굴러 들어왔다. 네임 스티커가 붙은 아주 짧은 몽당연필. '연이♡' 손가락으로 스티커를 만지작거리며 필통에 넣었다. 온몸에 긴장이 풀린 채로 생각에 잠겼다. 아이의 말이 사실일까. 연필이 된다는 것이 가능한 걸까. 믿을 수 없는 일이었다. 내 필통 속에 있는 몽당연필은 마법 연필만이 아니었다.

다음 날 교실에 들어가자마자, 은별이가 손을 흔들었다. 다른 아이들도 은별이 주위에서 재잘재잘 떠들고 있었다. 아이들은 무서운 이야기를 하고 있다며 나에게도 얼른 앉으라고 했다.

"우리 학교에서 이십 년 전에 사고 났었던 거 알아? 과학실 폭발 사고."

은별이의 말에 모두 놀랐다.

"정말?"

"진짜라니까. 그때 학생 한 명이 죽었대."

오싹한 기분이 들었다. 아이들은 양팔로 온몸을 감싸며 말했다.

"헐, 이제 과학실 못 가겠다."

"진짜 소름 돋는 건, 그때 과학실 자리가 우리 반이래."

은별이의 말에 아이들은 비명을 질렀다. 교실 앞에서 드리블 연습을 하던 남자아이들이 깜짝 놀라서 쳐다봤다. 선생님이 들어왔고 아이들은 다들 제자리에 앉았다. 필통을 열자 몽당연필이 또르르 손바닥으로 들어왔다. 연필을 잡자 하얀 종이 위에서 연필이 움직였다.

연이야, 친구들 얘기가 맞아. 늦은 오후에 교실로 와 줘. 부탁이 있어.

읽자마자 노트를 덮었다. 연필을 쥔 손이 덜덜 떨렸다. 연이의 부탁이 무엇일까. 머릿속에 수많은 물음표를 그리는 동안 수업 시간이 지나갔다.

학교가 끝나고 친구들과 함께 걸어가다가 집 앞에서 방향을 바꿨다. 아파트 화단 앞 벤치에 앉아서 늦은 오후가 되기만을 기다렸다. 시간이 천천히 가는 기분이었다. 해 질 무렵 빈 교실에 혼자 앉아 나를 기다릴 연이를 생각했다.

화단에서는 작은 모종을 심는 501호 할아버지가 보였다. 나는 할아버지의 뒷모습을 바라봤다. 허리를 굽히고 삽으로 흙을 파내어 모종을 심고 흙을 다졌다. 할아버지의 반복된 동작을 물끄러미 바라보았다. 눈으로는 할아버지를 보고 있었지만 머릿속에는 연이 생각뿐이었다. 할아버지가 화단 가꾸기를 마쳤을 때, 다시 학교로 갔다.

연이는 오후 햇빛을 받으며 창밖을 바라보고 있었다. 연이가 내 단짝이라면 어떨까. 연이는 나를 도와준 첫 번째 친구였다. 이제는 내가 연이의 부탁을 들어줄 차례였다. 그것이 무엇이든.

교실로 들어가자 연이가 환하게 웃었다. 나를 기다리고 있었던 것 같다.

"안녕, 연이야."

"많이 기다렸어?"

"괜찮아. 늘 여기에 있는걸."

연이는 조금 뜸을 들이다가 입을 열었다.

"아침에 친구들 말이 맞아. 그때 나는 경시대회를 준비 중이었어. 선생님이 실험을 알려 주시다가 큰 폭발 사고가 일어났어. 선생님은 많이 다치셨고, 난."

연이는 잠시 멈추다가 말을 이었다.

"난, 죽었어. 그때 이 연필을 쥐고 있었어. 별관이 생기면서 과학실이 옮겨졌지. 1학년 4반 교실이 원래 과학실 자리였어. 그동안 연필이 되어 교실 안을 굴러다니다가 너를 만난 거야. 너라면 부탁을 들어줄 수 있을 거라고 생각했어."

북채를 두드리는 것처럼 가슴이 두근거렸다. 하지만 담담하게 부탁을 하는 연이를 보면서 침착해지려고 애썼다.

"부탁이 뭐야?"

연이는 조금 망설이더니 천천히 말했다.

"나 대신 편지를 보내 줄래? 연필로 사는 건 이제 마지막일 거야."

마지막이라는 말에 가슴이 철렁 내려앉았다.

"무슨 말이야?"

"이제 한 번만 깎아 쓰면 나는 끝이야."

"끝이라고?"

연이는 고개를 끄덕이며 말했다.

"네가 잠깐 돌아보는 사이에 난 다시 책상 서랍 속 연필이 되어 있을 거야. 그때 종이 위에 연필을 쥐고 있어 줘."

연필로 살아온 연이가 하려고 했던 마지막 일은 편지를 보내는 것이었다. 누구에게 어떤 내용의 편지를 보낼지 궁금했다. 그런 줄도 모르고 수학 경시대회에서 답이나 물어볼 생각을 하다니. 내 자신이 부끄러웠다. 연이의 부탁대로 손에 연필을 쥐었다. 연필은 움직이기 시작했다.

보고 싶은 아빠,

저 연이예요. 그날 학교에 가지 않았어도 이렇게 슬픈 일은 없었을 거예요. 학교 가까이로 이사 와서 좋아했는데 일주일밖에 학교에 가지 못했네요. 아빠, 하고 싶은 말이 있어요. 아빠와 연이는 언젠가 만날 거예요. 하지만 아주 늦게 만나고 싶어요. 아빠가 보고 싶지만 참을 수 있어요. 그때까지 건강하고 행복하세요. 사랑해요. 아빠.

눈물이 쏟아질 듯 그렁그렁 맺혔다. 연필은 눈물을 흘릴 수 없으니까, 내가 연이 대신 눈물이 나는 거라고 생각했다. 이건 연이의 눈물이라고. 그러니까 울어도 된다고.

연필은 편지 아래에 주소를 적었다. 주소는 우리 아파트였다. 우체국에 가는 것보다 직접 우편함에 넣는 것이 나을 것 같았다. 나는 편지를 조심스럽게 접었다. 가는 길에 문구점에서 봉투를 사서 편지를 넣었다. 아파트 단지로 들어와 동, 호수를 확인했다. 우리 집과 같은 동에 501호였다. 501호? 내 눈을 의심했다. 501호 할아버지와 연이의 얼굴이 나란히 떠올랐다.

텅 비어 있는 501호 우편함에 편지를 넣었다. 아무 일도 없었다는 듯이 바로 엘리베이터에 탔다. 문이 닫히자 눈물이 쏟아졌다. 연이라면 지금 울었을까. 아니, 울지 않았을 것이다. 오랫동안 마음에 가라앉아 있던 문장들을 편지로 전했으니까. 손으로 눈가를 훔쳤다. 엘리베이터 안의 거울을 바라봤다. 내가 늘어서 있었다. 연이 옆에 연이 옆에, 그리고 한 번만 더 보고 싶은 연이가 보였다.

지우개 시인

나는 지우개야. 직사각형의 하얀 고무 지우개. 내가 사는 곳은 교무실 책상 서랍 속이지. 연필, 색연필, 자와 가위 그리고 그 옆이 내 자리야.

"어떤 선생님이 오실까?"

"시험을 자주 보는 선생님은 싫어. 채점은 너무 힘들어."

빨간 색연필의 말에 다들 고개를 끄덕였지. 연필이 말을 이어 갔어.

"매일 아이들이랑 뛰어노는 선생님은 어떨까? 그럼 우린 서랍에서 쉬기만 할 거야."

다들 깔깔 웃었어. 하지만 나는 서랍 속이 답답했어. 누군가 서랍을 열기만 기다렸지.

첫 번째 선생님은 은테 안경을 쓴 젊은 남자 선생님이었어. 쉬는 시간마다 수학 문제를 풀고 시험지를 채점했어. 우린 정말 바빴어. 두 달 사이에 색연필은 키가 반으로 줄고 연필은 몽당연필이 되었다니까. 다들 지쳐서 누워 있는데 자리를 옮긴다는 말을 들었어. 선생님은 책상 위의 책들과 물건들을 상자에 넣고 다른 자리로 옮겼어. 그런데 우리들은 그대로 두고 갔지 뭐야.

드르륵. 서랍이 열리는 소리가 반가웠어. 새로운 주인이 온 거니까. 가무잡잡한 얼굴에 배가 나온 아저씨 선생님이었어. 사람들은 선생님을 시인이라고 불렀어. 시를 쓰면서 아이들을 가르치는 선생님이래. 수업이 끝나면 선생님은 틈틈이 책을 보거나 수첩에 짧은 글을 썼어. 그러다 고개를 갸웃하고는 나를 쥐고 글자를 지웠지. 선생님의 손은 따뜻하고 부드러웠어. 가끔 땀이 지우개에 묻기도 했어. 앉아서 글 쓰는 건 쉬운 일인 줄 알았는데 꽤나 힘든 일인가 봐.

선생님은 '외로움'을 '괴로움'으로 고쳤지. 나는 큰 차이를 모르겠는데 말이야. 그런데 지우개가 어떻게 글자를 아냐고? 매일 틀린 글자를 지우고 새로 쓰는 글자를 보다 보니 조금씩 깨우칠 수 있었어. 그리고 지워지는 글자는 지우개 똥에 돌돌 말아 외우는 거야. 지우개 중에서 내가 글자를 가장 많이 알 걸?

그런데 선생님이 쓴 글은 어딘가 이상했어. 읽을 수는 있는데 알 수가 없는 말들이었지.

바람이 바라는 대로, 그늘은 그림을 그리고.

바람이 바란다? 그늘이 그림을 그린다? 무슨 뜻일까. 생각에 잠겼을 때, 선생님은 나를 쥐고 글자들을 쓱쓱 지우기 시작했어. 문장은 지우개 똥에 말려 교무실 바닥으로 흩어졌지. 수업 종이 울리자 선생님은 나와 연필을 서랍에 넣고 교실을 향해 나갔어.

연필은 고단한지 하품을 했어.

"하암, 졸려. 선생님이 꾹꾹 눌러써서 너무 피곤해."

연필의 투정을 흘려듣다가 머릿속에 가득 찬 생각이 튀어나왔지.

"그늘이 그림을 그린다는 게 뭘까? 선생님이 쓴 글 말이야."

"모르지. 내가 아는 건 연필심이 닳고 있다는 것뿐이야."

연필은 뾰족한 말을 남기고 서랍 구석으로 돌아누웠어. 나는 여전히 선생님의 문장들을 생각했어. 선생님은 문장을 지웠지만 내 기억 속에는 문장이 새겨졌지. 바람, 그늘, 그림. 시가 될 수 있는 말들. 연필은 시가 될 수 있을까? 필통은? 가위는? 그리고 지우개는? 나도 시가 될 수 있을까. 서랍 속에 스며든 어둠 속에서도 잠은 오지 않았어.

이튿날, 일요일인데 서랍이 열렸어. 선생님이 온 거야. 선생님은 오른쪽 주머니에는 수첩을, 왼쪽 주머니에는 지우개와 연필을 넣고 학교 밖으로 나갔어. 난생처음 교무실에서 벗어나게 됐지. 바지 주머니 속은 서랍보다 깜깜하지만 따뜻해. 선생님이 성큼성큼 걷고 있는 게 느껴져. 어디로 가는 걸까.

선생님은 주머니에서 수첩과 연필 그리고 나를 꺼내 바위에 올려 두었지. 바위는 책상의 매끈한 질감과 달랐어. 울퉁불퉁하지만 온기가 전해졌지. 따뜻한 이유는 햇빛 때문일까? 서랍 속으로 들어오는 조각난 빛이 아니야. 햇빛은 세상 곳곳에 내려앉아 있어. 선생님은 주변을 천천히 바라보며 말했지.

"산 좋다. 나무 그늘도 시원하고."

여기가 산이구나. 학교가 한눈에 내려다보일 만큼 높고, 울창한 나무들이 우뚝 솟아 있어. 바위에 걸터앉은 선생님이 수

첩에 끄적이기 시작했어. 선생님은 나를 찾지 않았어. 오늘 쓴 문장이 마음에 드나 봐. 나도 선생님의 시선을 따라 하늘과 나무를 느끼고 있어. 하늘의 푸름과 나뭇잎의 푸름은 다른 것이구나. 산에 와서 알게 됐어.

바위 아래는 나뭇잎의 그림자가 있었지. 사이사이로 스미는 햇살이 반짝일 때, 바람이 불면 잎들이 흔들리고 그림자가 움직였어.

바람이 바라는 대로, 그늘은 그림을 그리고.

선생님이 지웠던 문장이 떠올랐어. 이건 바람이 바라는 그늘의 그림일까. 나는 돌아갈 때까지 그림자를 바라봤어.

해가 지고 나서야 교무실 서랍으로 들어왔어. 이제 자야 할 시간이지. 하지만 오늘 있었던 일보다 더 행복한 꿈을 꾸지 못할 거야. 서랍 속에서 눈을 감으면 그저 깜깜할 뿐이었지만 이제는 새로운 세상이 펼쳐져. 나와 선생님은 나란히 산속의 바위에 걸터앉았지. 선생님은 수첩에 시를 쓰고, 나는 높이 솟은 나무를 올려다봐. 나뭇잎 사이로 햇빛이 쏟아지고 바람이 지나가면 잎들과 그림자는 부드럽게 흔들리지. 새들의 지

저쪽이 들려오고 달콤한 꽃향기가 느껴져.

나는 꽃들이 있는 쪽으로 갔어. 그런데 내가 꽃잎을 만지자 꽃이 지워졌어. 놀란 벌과 나비는 날아가 버렸지. 하늘 위를 날고 있는 새들을 따라가자 파란 하늘이 하얗게 지워졌지. 내가 지나갈수록 점점 모든 것이 지워졌고 결국 나만 남았어. 나는 깜짝 놀라 꿈에서 깼어. 눈을 뜨자 서랍 안은 깜깜한 밤이었어.

다음 날 아침, 서랍이 열렸어. 선생님은 두툼한 손으로 볼펜을 꺼냈지. 나는 서랍 밖을 내다봤어. 교무실은 평소와 달리 시끌벅적했어. 선생님은 웃으면서 책에 무언가 써서 옆자리 선생님에게 건넸어.

"이제 시인 선생님이 아니라 그냥 시인입니다. 허허허."

선생님들은 책상 앞으로 다가와 책을 받았어. 선생님의 새로운 시집이었지. 제목은 『그늘의 그림』이야. 내가 쓴 것처럼 뿌듯해. 쓴 것이 아니라 지운 것이지만.

선생님들이 시인 선생님에게 말을 걸었어.

"시집 감사합니다."

"이제 학교는 완전히 그만두시는 건가요?"

선생님은 고개를 끄덕였어. 나는 깜짝 놀라 선생님만 바라봤어. 갑자기 울컥 슬퍼졌지. 교무실 자리가 바뀔 때마다 선생님들을 지나쳐 왔으니까 시인 선생님과도 언젠가 헤어지는 건 당연한 일이야. 그래도 이렇게 일찍 헤어질 줄은 몰랐어.

새로 만날 선생님을 기다리며 지루하게 시간을 보냈어. 그런데 갑자기 서랍 안이 흔들렸어. 우리는 이리저리 쏠렸다가 간신히 자리를 잡았지. 책상이 어딘가로 옮겨지는 것 같았어. 그때 서랍이 열렸어. 오랜만에 긴장됐지. 그런데 무언가 서랍 안으로 우르르 쏟아졌어. 녹슨 컴퍼스와 집게, 금이 간 각도기, 그리고 아주 작은 몽당연필들이었어. 나는 너무너무 궁금해서 밖에서 온 친구들에게 물었어.

"이 책상 주인은 누구니?"

각도기가 말했어.

"주인? 없는데. 여긴 이제 잡동사니를 두는 서랍이래."

갑자기 컴퍼스가 각도기를 째려봤어.

"야, 그렇게 부르지 말랬지? 잡동사니가 뭐야?"

둘이 아웅다웅 목소리를 높일 때, 나는 조용히 고개를 끄덕였어. 나는 낡은 지우개야. 사람들의 손때가 희미한 나이테처럼 남았어. 이제 잡동사니로 사는 것을 받아들여야겠지.

서랍은 열리지 않았어. 하루 종일 밤이었지. 어둠 속에서 누군가 말했어.

"사람들은 우리가 있다는 걸 모르나 봐."

"필요 없으니까 그렇지."

컴퍼스의 말은 언제나 날카로웠어.

"난 키가 더 줄지도 않고, 바쁘게 일하지도 않아서 여기가 좋아. 몽당연필이 되는 건 싫어."

연필의 말에 집게가 대꾸했어.

"그런데 너무 심심해. 우리 이야기나 할까?"

서랍 틈으로 들어오는 한 줄기 햇빛 앞에 다들 모였어. 자신의 주인이었던 선생님 이야기가 먼저 나왔지. 자는 반듯한 선을 그어 보지 못하고 아이들을 혼낼 때만 '매'로 쓴 선생님 이야기를 했어. 집게는 선생님이 엄청 많은 시험지를 집어 둘 때마다 허리가 휠 것 같았대. 아이들 이야기를 꺼내자 연필이 한숨을 쉬면서 말했어.

"어떤 애들은 선생님이 빌려준 연필 끝을 잘근잘근 씹는다니까. 아직도 흉이 남았어."

이야기는 쉬지 않고 한 바퀴를 돌았어. 어느덧 내 차례가 되었지만 계속 시인 선생님이 떠올랐지.

"지우개야, 무슨 생각해?"

친구들의 시선이 내게로 쏠렸어.

"나는 시를 써 보고 싶어."

의외의 말에 다들 의아한 표정이었지. 집게가 물었어.

"시가 뭔데?"

"짧은 노랫말 같은 거야. 그걸 써 보고 싶어."

쓴다는 말에 연필이 끼어들었어.

"지우개는 지울 수만 있지. 쓸 수는 없어."

쓸 수 없다는 말이 마음을 무겁게 했어. 내 생각을 알아챈 각도기가 말을 이었어.

"글자를 알면 대신 써 줄 수 있지 않을까? 내가 교감 선생님 책상에서 살 때 볼펜 아저씨는 모르는 글자가 없었어. 한글, 영어, 한문까지."

"지금은 어딨는데?"

"교감 선생님이 가져갔어."

나는 시인 선생님이 조금 원망스러웠어. 나도 데려갔으면 좋았을 텐데. 선생님은 지우개 하나도 갖지 않고 떠났어. 선생님은 지금도 시를 쓰고 있겠지? 그날 밤은 잠이 오지 않았어. 시든, 선생님이든 무엇을 생각해도 슬퍼졌지.

다음 날 갑자기 서랍이 열렸어. 다들 깜짝 놀랐지. 나갈 수 있다는 생각에 기대되기도 했어.

"여기 있는 거 다 버릴 거 아니에요?"

"혹시 모르니까 서랍에 두세요."

사람들의 말이 끝나자 털썩 소리를 내며 깍두기공책 하나가 들어왔어. 글씨 연습한 공책이야.

"안녕? 난 깍두기야."

몇 장 쓰다 만 공책에는 한글의 자음과 모음이 순서대로 적혀 있어. 어떤 페이지에는 받침 글자도 보였어.

"여기 볼래? 바뱌버벼보뵤부뷰였는데 어떤 선생님이 커피를 쏟아서 바보만 남은 거야. 웃기지?"

바보. 나는 킥킥 웃었지.

"지우개, 너는 글자를 아는구나."

나는 고개를 끄덕이고 깍두기를 바라봤어. 얼룩덜룩하고 지워진 곳도 있어서 남아 있는 글자만 읽을 수 있었어. 그렇다면 나도 지우고 남기면서 시를 쓸 수 있지 않을까. 나는 글을 쓸 수 없지만 지울 수는 있어. 누군가 쓴 글자나, 지우고 남은 글자나 읽는 사람에게는 똑같잖아.

나는 깍두기를 불렀어.

"깍두기야, 혹시 글자들을 좀 지워도 될까. 그러면 내가 꼭 쓰고 싶은 말을 남길 수 있을 것 같아."

모두 깍두기를 바라봤어. 깍두기는 잠시 생각에 잠겼다가 밝은 목소리로 말했어.

"좋아. 너무 간지럽게 지우지만 말고."

다 같이 웃었어. 무언가 할 수 있다는 생각에 너무 설레서 가슴이 두근거렸어. 글자를 모조리 지우고 한 글자씩만 남기면 나는 아주아주 작아질 거야. 더 이상 지울 수 없을 정도로. 하지만 나는 해 볼 거야.

나는 부지런히 글자들을 지웠어. 아주 많은 지우개 똥이 서랍 안에 쌓였지만 누구도 불평하지 않았어. 모두 숨죽이고 글자를 지우는 나를 바라보았지. 김지우라는 아이의 공책이 있는데, 이름을 연습한 첫 장에서 '김'을 지우고 '지우'만 남겼어. 다음 장은 기역을 연습했나 봐. '가갸거겨고교구규그기'를 다 지우고 '개'만 남겼지. 드디어 '지우개'가 완성됐어. 틀린 글자만 지우다가 공책 한 면을 다 지우려니까 숨이 차고 어지러웠어. 하지만 포기할 수 없었지.

교무실이 시끌벅적해. 새 학기가 시작됐나 봐. 서랍이 열리고 낯선 아이가 서랍 안을 들여다보고 있어. 머리카락이 유독 까맣고 가무잡잡한 얼굴의 아이는 큰 눈을 굴리며 서랍 안을 구석구석 보고 있어.

"지우개 있다면서 지우개 똥만 있네."

아이는 서랍 안으로 손을 휘저으며 지우개를 찾았어. 손톱만큼 작아진 나는 서랍이 열릴 때 모서리로 데굴데굴 굴러갔지. 그런데 아이는 공책을 집어 들었어. 몇 글자만 남기고 모조리 지워진 그 공책을.

"다 지워졌네. 어? 여기 뭐라고 쓴 거지? 지우?"

페이지를 넘기며 아이는 고개를 갸웃했지. 마치 내가 처음으로 시를 읽었을 때처럼. 그리고 떠듬떠듬 읽기 시작했지.

"지우? 개?"

아이는 남은 글자를 읽고 몇 장을 넘겨서 글자를 찾았어.

"지우개…… 시. 인?"

시인의 지우개였지만 이제 나는 지우개 시인이야.

작가의 말

 쓰다 지우기를 반복하는 밤. 마치 제자리걸음을 하듯 문장은 나아가지 못하고 그대로 머물러 있었어요. 컴퓨터 화면의 깜박이는 커서와 시계의 초침 소리가 나를 재촉하는 것 같았지요. 하지만 한 문장도 남기지 못하고 안경을 벗은 채 그대로 엎드렸어요. 두 팔을 모아 얼굴을 파묻었죠. 책상 위에 작고 깜깜한 밤을 만들었어요. 하지만 잠 대신 찾아온 것은 낯선 상상이었죠.
 누구나 책상 위에 있을 법한 일기장, 안경, 스마트폰, 연필 그리고 지우개. 새로운 시선을 통해 하나씩 사연을 만들었어요. 시작은 안경이었죠. 펼쳐진 책 위로 안경알에 비친 활자들이 보였어요. 안경알의 두께에 따라 왜곡된 활자를 안경이 읽고 있는 것 같았어요. 결국 안경이 되어 버린 독서광 언니를 떠올리게 되었죠.
 연필을 보면, 단정한 글씨로 손편지를 쓰는 친구가 보고 싶어졌어요.

지우개를 보면, 단어 하나하나 고심하며 지우는 젊은 시인이 생각났어요.

일기장을 보면, 개학 전날 몰아서 일기를 쓰던 어린 시절의 내가 떠올랐어요.

우리는 사물의 이름을 부르지만, 머릿속에는 각각의 사연이 그림자처럼 이어져요. 사연이 남는 이유는 특별한 기억들 때문이겠죠. 남과 다른 시선에서 바라볼 때, 특별한 발견을 하게 되고요. 평범한 몽당연필 한 자루가 사람마다 다른 추억을 불러일으키는 것처럼요. 어쩌면 내가 생각을 떠올리기 전에 먼저 말을 걸어올지도 모릅니다. 상상력이 그런 행운을 가져오겠지요.

책을 읽을 때 문장의 여백에서 만나는 상상은 저마다의 그림을 그립니다. 작가와 독자도 다른 그림을 그리고, 각각 밑그림도 색깔도 다를 것입니다.

더 많은 상상의 그림을 만나고 싶습니다. 그래서 더 많은 사람들이 읽고 쓰면 좋겠습니다. 많은 일을 하는 것은 힘들지만 많은 사람들을 좋아하는 것은 힘들지 않아요. 오히려 서로에게 힘이 되는 일이니까요. 지금 이 글을 읽고 있다면 멀리서 사랑과 응원의 마음을 보내겠습니다.

최혜련